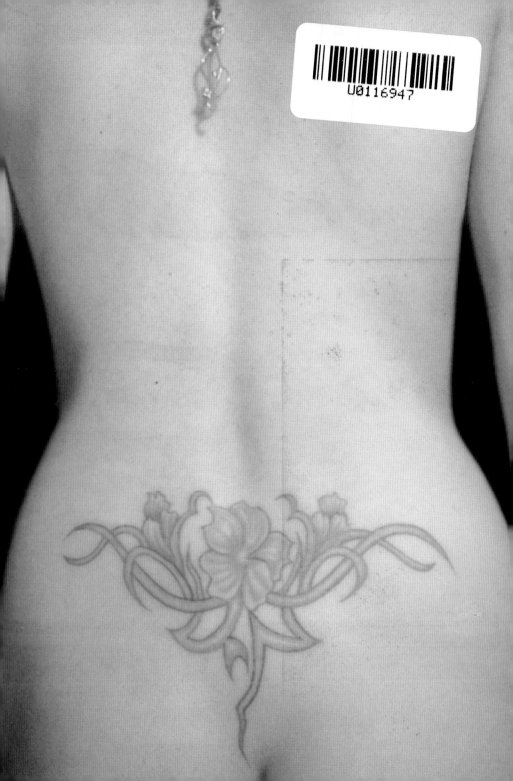

The beginning of the end

空事

路佳瑄◎著

新星出版社 NEW STAR PRESS

送给亲爱的王艺小姐

自序

旅行，是一种不治之症，一旦感染上，就再也无法摆脱。欲望在心里不定期隐隐作痛，迈开脚步才会获得短暂的身心安宁。

2012年2月，我去了台湾。但那对我来说是一次并不愉快的体验。我的同伴在我们结束了环岛之旅、最后到达台北的深夜，带着我的全部台币、人民币、银行卡和我家钥匙，返回了北京。那个时候，我正沉浸在无限的睡眠当中，浑然不觉。当天色渐亮、当我发现同伴早已带着我的钱和钥匙离去后，我既没报警也没追赶，而是选择将接下来的旅行一个人安静地完成。只是那天后，我的相机里，再也没有任何关于台湾的影像和文字。你知道吗？真相是这世界上最美丽又可怕的东西，需要格外谨慎地对待。

2012年3月，凌晨两点。我在首都机场混沌地坐着，等待登上从北京飞往布鲁塞尔的航班。我的四周，坐满了人。许是由于航班时间太晚，候机的乘客又过于疲惫，不少人都横躺在几张椅子上，打起呼噜。没有在候机厅找到座位的人便把报纸铺在地上，脱了鞋躺在上面。仅片刻功夫，机场便成了火车站。呼噜声、抱怨声、抖腿的、颤脚的、咸的、酸的、臭的，一下就把空气填得满满的。

有一段时间，我陷入了深深的疲惫中，靠在椅子上快要睡着，忽然听到广播里通知因夜间大雾，所有航班停飞，飞机预计于早上八点起飞，航空公司会安排酒店住宿。顿时，候机大厅一片喧嚣，骂骂咧咧的声音不绝于耳，航空公司服务台被围得水泄不通。那个瞬间，我清楚地知道，我要回家，一切旅行对我来说都变得不重要了。于是，我在几个小时里，出了关再入关，托运了行李再取行李。踏入家门时，已是早上八点多了。

在此之前，我并未意识到台湾旅行意外事件的发生竟会带给我如此强烈的副作用，我甚至无法再拎着行李、拿起相机，进行下一次正常而愉快的旅行。但我想，既然不行，就放弃吧。我只能跟着心的方向走，我需要更多沉淀和自省，我需要时间。当我在十二小时之后拖着行李出现在朋友们面前时，他们几乎同时惊呼：你疯了。可我知道我没疯，我只是不能背叛我的心。如果没有梦想，那又何必远方？

五年了。我写完《空事》已经五年了。这五年间，陆续出版了《空事》、《暖生》、《素日 女子 初花》、《世界很好，我们很糟》，以及 2012 年已经交稿、但尚未出版的一部长篇小说。我们常习惯以五年为界限计算生命。可时间过去那么久，我甚至不记得我究竟讲了一个怎样的故事，更不清楚我曾用过什么样的文字描述故事里那个叫朵格的女子。有人说，任何一个写作者最初的作品都是自传，但最真诚。还有人问我，这些作品是不是写你自己的故事。甚至直到现在仍有人用诸如"纯洁的贱人"、"酷爱肉搏式的床上运动"、"中国的洛丽塔"、"人似禁书的女子"等来形容我。对于这些言谈，我不置可否。因为我知道，沉默比倾诉更有用。倾诉只能博取他人的同情，而沉默却能让自己原谅自己。

事实上，这些都不是我，至少不是现在的我。五年前，我热情、张扬、青春，周旋在感情里，喜欢比谁"玩得更根深蒂固，又撤得干净利落"。五年后，我独身一人，吃斋、礼佛、旅行、书写、阅佛经、读古文、缝衣服、做手工，偶尔练习毛笔字，却总觉得所谓"内在"这个东西时常不够用，随便挥霍一下就见底儿了。我知道时间折损人。无论这种折损是好是坏，是千疮百孔又或富贵荣华，是感慨韶华、释怀微笑，还是怅然若失，总归是变化了其与生俱来的姿态，总归是回不去了。可无论外表如何改变、行为如何改变，倘若心不变，那时间所能改变的也不过是最具态的表象。

一个写作者的作品，常常会被人分门别类做上记号，比方这是早期的，那是中期的，另外一些是晚期的，又或者某某人的作品划分为几个写作阶段，各有何特点与不同等。我从未将自己的几部作品分出时期或三六九等。在我看来，在过去的五年里，除了随着时间的累积，对写作技巧的运用更趋向于成熟之外，其他的，毫无改变。故事仍然不谈论茹毛饮血的社会，只讲热爱自由、破碎、黑暗与残缺的人们，以及那些痛彻心扉的争夺和杂乱无章的生存。因为我的心没有变，所以一切也都不会变。

生活的枝桠，有人在悬挂，有人落下。有多少人把原本执拗的脾性磨砺得趋于沉默、等待时间的救赎，又有多少人为了不输给时间而拼尽全力。相比之下，后者少之又少。事实上，时间不会消减现实所给予的矛盾，只是能让人正常地活。但热情总比你年轻，毁坏比谁都决绝。疲于奔命的人唯唯诺诺，任凭消隐摧毁。可生活有生活本来的样子，人有与生俱来的姿态。生存，要选择尊重自我和内心的方式，不抬高姿态，不明目张胆腐坏，从不依赖，才能过得愉快。

关于我活着的方式，常有人羡慕，也常遭人诋毁。我兀自不理，其实我都懂——最简单的相伴是最深的欲望，每个人都想成为其不能成为的那种人，却又因畏惧不得不给心中的梦想扣上屎盆。这世界不止一点苟且，还有一丝讥言，三番两次。我听不到世人的声息，就如同他们猜不透我的光彩。若你喜欢，我说谢谢。若不喜欢，也没关系。

有一天我们都会老。

只盼老去之后，有人能对我说：老姑娘，这辈子，有你真好。

于是我便记得，为了追随我的心，我让自己年轻了一辈子。

2012 年 3 月 17 日于北京

The beginning of the end.

空 事

The beginning of the end.

The beginning of the end.

开始

让我做你的小小爱人，给我一张床我就跟你回家。

没有一张床不是我的，没有一张床只是我的。

——朵格

她注定穿梭于黑白的幻境。

白天。

她是这座浮华绚烂城市边缘黑色的小妖精。

在钢琴上展示她的才华，她的高雅，她的纯洁与美好。

黑夜。

她是每一个充满爱和幻想的男人身边明亮的小爱人。

在床上泄露她的张狂，她的放荡，她的糜烂与邪恶。

她。

她注定与幸福结仇，只因爱太多太汹涌。

她注定与爱情并行，只因上天赋予她太多美貌和才情。

其实她需要的只是一个储存温暖的床，一个小小的包容她的地方。

你要爱她，带她回家。

让她爱你，也让她恨你。

让她做你的小小爱人。
让她无与伦比。

漆月

漆月，漆黑的漆。

漆月初始 | 朵格

我叫朵格。我很不喜欢这个名字。有人说我可以改名，我说改了也没有用，别人并不会因为我的名字好听而多看我一眼——大多数人在看到我第一眼的时候是不知道我的名字的。

我想想我妈曾经说过什么吧。她说在我还不能够直立行走的时候，她没有时间总是抱着我，只要让那个老式的收音机发出声音，我就不哭。没有收音机的时候，她把我放在床上，一边忙手里的活，一边嘴里轻轻哼着调调，我也不哭。所以我妈说我从小就对声音敏感。

大一些之后，我开始跟着那台总是发出吱吱嘎嘎声音的老式收音机里的流行歌慢慢哼唱——那是家里比姥姥的岁数更大的宝贝。妈说那个能发出声音的匣子是姥姥的嫁妆之一。那个时代，家里有那种样式的收音机已经算是贵族了，妈念叨。贵族……我在思考这个词究竟带给我多大的价值。后来我问妈，我们曾经是贵族，那我就是千金小姐，可为什么现在我们越来越贫穷了呢？妈说"文革"的时候被抄了家，就变得比贫农还贫了。那个年纪听我妈这样说，我想我一定不懂什么是"文革"，什么是"抄家"，但是有一点我懂了，就是我不是贵族了。

几年后，我看见了那架腐朽的钢琴。是那架琴，让我迅速滑入"问题少女"行列。我认定自己委屈。用尽最大的力气敲下去，声音空洞、凌乱，毫无美感可言。爸妈说那架钢琴是他们送我的天大的礼物。我不喜欢这礼物，发狂地想把它弄坏，所以我用拳头砸，用脚踢。钢琴纹丝不动，我全身红肿。我这样做的时候，父母就打我。而这越发让我认定那架黑色的钢琴是魔鬼，想方设法地糟践它，而我挨打的频率和程度也随着我虐琴事件的日益严重而不断升高和加重。那个时候我便明白了一个道理，阿飞姑娘忧伤的歌里唱出的道理：从来伤的都是自己啊……

父母对我认命之后，把我送进了幼儿园。那是一节音乐课，老师让小朋友离开自己的座位围着桌子转圈唱歌。下课后，印象里那个小巧的女孩咿呀哭着说她新买的小帽子发卡不见了——一只红色的发卡——小姑娘都喜欢的发卡。等我回到座位拉开小椅子惊奇地发现那个发卡躺在我的座位上时，甚至有些狂喜，我想我会因找到别人遗失的物品并主动归还而得到表扬。那个中午，我被罚站并且不许吃饭——为了惩罚我偷了小朋友的发卡。我终究都不知道是谁把那只发卡放在我椅子上的。我开始憎恨音乐老师，这是件悲哀的事情。

后来，我上了小学。因为上学早，老师说我不懂规矩，应该隔年再上。我偏不，我想老师都不好，冤枉我偷东西。我没命地淘气，试图激怒我的老师。而最终却是愤怒的父母冲进教室里来打我。

我最后一次挨打是初三，因为赌气把谱子撕得稀烂并坚定地表示以后不再弹琴，而被父亲毒打。打到最后，我的手破了，缝了7针。我不哭，倔犟着不掉眼泪。父亲把我拉过来小心翼翼地放在腿上，举起我的手心疼地看着。我不看那只滴滴答答流着血的手，也不看父亲。我从那次的伤害中嗅到了新鲜的、血液的味道。我想我爱上了这种忧伤的腥味，这辈子都会执著地爱着它。

漆月四日 | 我是谁？

来到北京，麻木不仁地在这座干燥而暧昧的城市独居。特立独行、歇斯底里，渐渐忘记了自己究竟是谁。我是谁？你是谁？我是你的谁？你是我的谁？谁是谁的谁？谁的生活还是谁的谁。我混在北京，矛盾着、逃亡着，顿挫而浓烈。站在人群边缘，嘴角划出冰冷的弧度，与世界脱离，却又卷入一场场混乱。

后来渐渐养成了一个习惯。在每年立秋后的一个多星期，让自己假装死去，逃离这个罪恶的世界，背离所有感情。对着镜子里自己那张纯洁又歹毒的面孔发誓，这个世界，将与我无关。偶尔半夜惊醒，在漆黑的夜里盯着苍白的墙壁，仿佛听见墙上的小鬼魂在哭泣。

人往往都是这样的。富人有富人的活法，穷人有穷人的活法。像我这样不甘心做穷人的穷人，活法需要既简单又特殊。简单是为了尽可能地节约开支，特殊则是为了满足我不断膨胀而又迅速变化着的、可怕的欲望。

人的欲望有时候是很难满足的，尤其是像我这样自认为有点小本事、长得也比较鹤立鸡群的女人。在我还不是女人的时候，就已经很不安分了。而这种不安分在我来北京之后，又有了质的飞跃——它从原始的一种想象或者叫做"意淫",变成了真正的生活。我所说的"意淫"并不是一个很色情的字眼,人们通常把所有异想天开的事情称作是意淫。在我看来,能够实现意淫中的故事,是令人激动的。

什么是爱情开始的样子?你就是爱情开始的样子。什么是故事结尾的样子?我就是故事结尾的样子。

我开始奔跑。我要一口气跑到结尾。不计死活。

漆月六日 | 糖

在我一次次地在人群中转身，挣扎出道道伤痕的时候，一个叫安的男子走过来，温柔地把我带走。于是我开始絮絮叨叨地给安讲故事，也讲给自己听。听听故事会不记得痛，多吃些糖，汤药也会变得甜。讲个美丽的故事让我暂时忘记苍白。

『1』

我叫糖。甜的，吃多了会腻，不吃又想的东西。我也不知道我是人还是东西，又或者我什么都不是。

不用铺垫那么多废话，直接说我的故事好了。

『2』

我住北京，属北漂中的一个，也属于漂得还不错的那一个。我有很多男人——曾经有过，不过我相信将来也不会少，因为我是那种不能缺少男人做调剂的女人。但我一直觉得我跟其他女人又有点不同——我不消费男人的钱，只消费感情。

就说现在，我身边有两个男人——我的恋人和我的情人。要说我更爱哪个连我自己也不知道，我好像两个都爱，而在特定的情况下——我是指那种忘我的情况——我会对其中一个爱恋更多些，过了那一时半晌，我的天平会自动平衡。所以我觉得自己挺公平，既对得起我的恋人，又对得起我的情人。

『3』
我的恋人他不娶我，只做我的恋人，可能觉得我还没达到让他娶回家的标准，因为我是个放浪形骸的女人。我的情人他没必要娶我——我只是他的调剂品。茶余饭后闲来无事的时候，说说话，调调情，乐呵乐呵，仅此而已。对于这两点，我心如明镜。不过这样挺好——虽然火热，却不会被烫伤。

说到这儿，我得表扬一下自己。因为我觉得自己够理智、够清楚自身的位置和所处的环境，尽可能地放低姿态，变乖巧，不给我的男人们惹麻烦。因此即使是已婚男人，也敢放心大胆地与我腻歪。

这不错，大家各取所需。尤其是我之于男人来说，跟我名字一样——糖。这是个挺好的比喻，虽然我不大吃糖——是不吃也不想的那种。因为糖甜得透心儿，可我没有甜得透心儿的生活。

『4』
我的恋人幽默、风趣，虽也成熟稳重，但尽量放低架势，像个孩子般向我靠拢。

我的情人我不知道怎么形容。他话说得没我多，笑得也没我夸张，我不知道自己为什么对他着迷，但就是爱他，还爱得挺纯洁。这多少有点可笑——对我这种极其妄为的女子而言。

『5』

那天是什么时候，我不记得。反正阳光明媚，是个好日子。我挽着我的情人，晃晃悠悠地走进餐厅。路上看我的男人多，看我旁边男人的男人也多。好歹我是个漂亮姑娘。

那是个什么餐厅，我不记得。总之是走进去之后，我一眼就看见我的恋人跟一个相貌平平的女孩谈笑风生。而他也在第一时间看见了我，和牵着我的手的那只大手。

『6』

一瞬间，我挣脱紧握着我手的那只手，冲出餐厅……

『7』

爱情有时候，简单得没有理由。而我，也许只是个不懂事的孩子。

『END』

刺眼的阳光中，我轻盈地飞向空中。到达顶点又落下的那一刻，忽然想起《性·谎言·录像带》里的那句话：男人努力爱上吸引他的女人，而女人则越来越被她爱的男人吸引……

目眩。

那一年，我住天国 13 号。

等待救赎。

这只是个故事。我是朵格，我把它讲得支离破碎。讲故事的时候，安在身边仔细地聆听。我经常讲这样歇斯底里的故事。因为寂寞。我害怕失望害怕绝望，害怕连这些都没有了的空洞。

漆月十一日｜安

安对我讲起他小时候看漫画。漫画里面的孩子问爸爸：什么是万家灯火？爸爸在夜晚把孩子带到高楼林立的居民区，仰望天上的星星和那些楼。忽然大喊一声，非礼啊！孩子看见那些黑洞洞的窗户后面瞬间亮起无数灯光，与天上的星星遥相呼应。爸爸说，这就是万家灯火。安说，永无止境地看漫画，这是他的童年。他讲这个故事的时候，像个孩子——我更愿意相信他只是个孩子。孩子把他喜欢的姑娘紧紧地搂在怀里。姑娘笑，孩子也笑。姑娘带着泪笑，孩子看不见。

孩子拉着他的姑娘穿梭在楼里，他打开一扇又一扇门，打开又关上。他想知道究竟哪扇门的后面通往他想到达的楼顶。孩子始终没有找到那扇门，孩子觉得很刺激。楼里没有人，只有孩子和他的姑娘。孩子说他还是孩子的时候就喜欢这样的穿梭，这让他不停地寻找寻找。孩子的姑娘痴痴地看着那张天使般的脸想，这样赤裸的天真真让她迷惑，属于她的孩子不再拥抱漫画，他拥抱着她。但是他现在还是个孩子，他始终没有忘记这样的穿梭和寻找。

孩子对他的姑娘说，因为有了她，他不再失眠。他不吞服那些在这座城市里随处都能够买到的安眠药片，姑娘成了他唯一的、有效的安眠药。孩子对他的姑娘着迷，他有很多很多话要对她说。

他说他曾经孤独地走在下雨的城市里，城市很脏，他觉得毫无希望。他开始厌倦这个城市，因为孤独，他甚至在还没有触摸到它的时候就已经对它产生极端的厌倦。姑娘想这是座多么可爱的城市，这是她的家，孩子没有发现它的可爱，孩子是孤独的孩子。孩子说自从有了姑娘他渐渐地发现这是个美丽的城市。姑娘牵着孩子的手，带他去那些没人的、美丽的地方。姑娘把脑袋轻轻靠在孩子肩上，孩子很瘦，骨头刺得姑娘生生地疼，是心疼。姑娘说孩子你太瘦了，你要多吃一点。孩子说吃再多他还是一样的瘦。孩子的姑娘开始哭泣，她想她什么时候才能照顾这个孩子永不离弃。孩子擦掉姑娘的眼泪，说他们要快乐地过每一天。

孩子说他和他的姑娘应该有不被人打扰的、美妙的周末。她说她会做很多美食。孩子一遍遍地想，孩子开始出差。孩子的姑娘开始等待，她想她是多么爱他，她开始央求孩子——不喜欢这座城市的孩子，想要离开的孩子。请你不要离开我，我是多么的爱你。孩子说，只要他们对面的那座高楼不倒塌，他就不会离开他的姑娘。姑娘说它不会塌的，孩子说它这辈子都塌不了。孩子的潜台词是不是他这辈子都会在姑娘身边，他没有告诉姑娘。但他的姑娘信以为真。

孩子说他想带姑娘去很多地方，她说有他在她哪里都愿意去。孩子说这样的话听上去好像私奔。姑娘说私奔就私奔，他们的私奔将盛大而华丽。孩子和他的姑娘。一个是伤心的稻草人，一个是胆小的鸽子。孩子的姑娘说，人一辈子不能做太多的好事，一件就够，我妈说一件就够，虽然我妈是个糊涂的女人，但是我相信她的话。所以，我要和你私奔，我要将这场华丽的私奔顽强地坚持下去。姑娘抚摸孩子的脸，那张棱角分明的脸刻在她的心里。孩子抚摸姑娘的背，他说那光滑胜过一切。

清醒过来。我开始惊慌失措地看着安和自己。我们究竟会缠绵多久，我想着我们的爱，不朽。可我们的生活在哪里？

我说他，安，你只是个拥抱漫画的孩子，你还没有长大，你想看万家灯火。安说不对，朵格，我现在只想看着你。
我说我们在热恋，热恋的人难以自持。
安说他能够感觉到他的磁场和我的是相互吸引在一起的，从一开始就是。我们优美地将头伸过来，合在一起。

安说，朵格你看，我们的表情同样天真，目光同样涣散，我们其实都是孩子。两个彼此拥抱、彼此相爱的孩子。

安，如果我是孩子的姑娘，那谁才是那个幸福的孩子？

朵格，你的妄想出神入化。

漆月十七日 | 对抗

墙上挂着该死的钟。我看着秒针，它漫无目的地走，就好像我漫无目的地活着或者像野猫一样地漂泊。我打电话问安说，家里那个钟怎么总是来回来去地走，让我心烦意乱，它动我不动，我觉得我已经死了。

安说，朵格，你安静一点，家里只有你一个人，只要你想，你就可以安静得连蟑螂呼吸的声音都能听到。

可是安，我是多么寂寞，家里连一只蟑螂都没有。安，你不要上班了，回来陪我睡会儿觉好不好？我想躺在你的怀里。

朵格，不要闹了，我现在在工作。
那么，安，我要出门去。钟动的时候我也动，这至少证明我还活着。我开始以安忙做要胁。
好，你去你去。去做你想做的事情。只要你愿意。

我决定出去走走。再看看这个冷漠的世界。出家门的时候，我狠狠地回头看了一眼家里的钟，那一刻它好像静止了，安静到我盯着它看了十秒或者更久一些，无论如何都没有看出它在动。这样的情况以前也有过，但在我还在思考为什么它会不动了的时候，它又开始咔嗒咔嗒地发出那种砸锅卖铁的巨响，隆重地嘲笑着我的退怯——终究，我还是在它的眼皮底下溜走了。人，永远都别想跟时间抗衡。

我没有工作，被安养在家里。但我不缺零花钱，我可以拿到为数不多的稿费。每日每日，我躺在床上死死地盯着空气，从白天一直到黑夜。空气里碎碎的尘埃很透明——是鲜活的。我以后再想起这段时间，总会觉得它是安静的，安静到无动于衷。忧伤，漆黑色沉调。

漆月十八日｜F

我和安开始无话可说。不仅由于落寞，还源于一个叫富人F的男人，但最终分手却因为另外一个男人。富人F，富有，已婚，俊美。我想，富人F美，安的脸都无法跟他的脚趾头比美。那天，我出了家门，跳上富人F的豪华轿车，指引他把车开向了燕莎东面的汽车电影院加入摇滚青年的狂欢。富人F不爱看摇滚青年，他只爱看我。

摇摆，尖叫，狂热，手舞足蹈。一群是是非非的摇滚青年，带着冲天的愤怒，流着肮脏的臭汗，仰天长啸，暴烈而且狂迷。我慌慌张张，我太安静——相比之下我太安静。我不愤怒，我还没有找到特别需要愤怒的理由。逃开隐秘和突如其来的愤怒，我将绝望直升。我看着台上的崔健，一直愤怒的崔健，我想这么多年他是如何一直让怒火燃烧而不曾熄灭的，时间对他来说究竟还在不在。

我被富人F连拉带拽拖出了人群。他一边像拖一只死狗般地拖着我，一边说，朵格我们要走了，电话预定酒店的时间就要到了。我不情愿，但还是跟着走。比起陷在情欲里，我更愿意沉寂在音乐中。我不喜欢弥散着强烈荷尔蒙气味的酒店，那些蒸腾到天空中的热气，带着腥臊。我充当假冒伪劣的北京有钱人，小鸟依人样地依偎在富人F的怀中，也带着腥臊。"哦，你的甜蜜，刺痛我的心……"这样想的时候，我开始掉眼泪。放在我胸部的那只大手的主人惊奇地看着我，朵格，你怎么了，怎么忽然哭了？

没事……我只是……我挣脱了那只手和那个怀抱，走到房间的一角，蜷缩着蹲了下去。

朵格，你这样的姿势，让我觉得你好像被我强奸了。

我抬起泪眼婆娑的脸看着富人F那张忽然变得模糊不清的脸。请脱下我的裤子，请脱下我的裤子……裤子里面藏着我的眼泪。

朵格，你知道我不是……你的城市里，从来都走不进别的人。

死一样的安静。那之后，我开始尖叫，大声地哭泣。我打开窗户，爬上窗台。我直挺挺地站在上面，对着漆黑的夜。富人F抓住我的脚，他不敢动，他怕我就势从窗户上掉下去。我的朵格，请你下来吧。我不打算重新站在房间里，也没打算从窗户上跳下去。这样僵持了一段时间之后，富人F开始觉得无趣。他放开我的脚，他确认我不会跳下去。我在他松开手的一瞬间，跳回房间，拿上浴巾，冲了出去。

门口有人拿着酒瓶坐在地上骂娘，气势让我有点儿害怕。我心想这个世界上还有比我更嚣张的家伙。我和他对视，他想拿酒瓶子砸我的脑袋。我想他如果真砸我的脑袋，我也砸他的。可是他的脑袋看上去比我的要坚硬很多，如果砸不碎我就吃亏了。我又担心在他还没有死的时候我已经脑浆迸裂，所以赶快绕得远远的躲开。

跳进温泉，把脑袋藏在水下，一时间，世界安静下来。耳边响着"咕噜咕噜"的水泡声，温暖又安详。

富人 F 跟过来，在水下触摸我的身体。我睁开眼睛，我想眼睛会被热水烫瞎，可我还是看清楚了水下面的身体和 F 那只伸进紧紧地包裹着我胸部的泳衣里的手，和 F 迅速膨胀起来的生殖器。我讨厌这种触摸，于是迅速从水里站起来，甩开了 F 的手。脸上的水顺着面颊流下来，我不确定是水还是泪。水面上，富人 F 道貌岸然地和他偶遇的朋友说话，那个男人身边带着个腰身纤细、楚楚动人的女子。是个漂亮姑娘，我说。

富人 F 说，偷的，原配跟家待着呢。

哦，偷情，挺好。跟你一样。妻不如妾，妾不如偷。

富人 F 愣了一下。我在他还没来得及反应的时候，回报了一个极其暧昧不明的微笑，就又将整张脸浸泡在温热的泉水中。胸口一阵憋闷——来自热水的压迫感。这个偷情的世界多么完美。包括我自己在内，完美得无懈可击。什么是感情，什么是温情？到头来什么都没有。只有欲望。欲望像杂草在身体里疯长，尖刻地划破身体，埋葬灵魂。光鲜而又猥亵的身躯包裹在多彩的泳装里。那些压制在身体里挡也挡不住的、蠢蠢欲动的性欲，热乎乎地往外冒，带着肮脏弥散、游离又原地不动。我没有资格说他们，我也同样的肮脏。

酒店里素白的床单。素白并不干净，我不能想象触摸着我皮肤的床单究竟粘了多少男人、女人身上的液体。我下意识地把裹住身体的衣服拉得更紧一点。瞪大眼睛努力呼吸，身边的男人鼾声四起，我怎么都睡不着。轻声走进洗手间，将门反锁，把浴缸注满水。浴缸美好，它不刺眼。放很多只小纸船浮在水上，纸船里点上蜡烛，我坐在洗手间的地上发呆。爱情究竟是他妈的什么东西？安现在有没有想我？我他妈的有什么资格要求他想我？我正把我的身体送给另一个男人，如果安知道他每天抚摸的躯体已经让别人摸得发霉、发臭，他还会爱我吗？我想我是个天才，爱情的天才，用刀的天才。我挥舞我的刀，世界变得一片荒凉。

漆月十九日 |22FILM

第二天醒来，发现人已经一丝不挂地躺在床上了。看一下表，下午2点多。富人F温温柔柔地看着我微笑说，你醒了？

翻个身，不去理他。我还清醒地知道，在我睡着的时候，他没有跟我做爱，而只是让我睡了个好觉。否则我会在一阵阵的痉挛中苏醒。想回家的欲望盖过全部。我冷冷地对他说，我要回家。

好，我们回家，男人说。

不是我们回家，是我们各自回自己的家！我纠正男人的话。

整理，回家。我不是天使，即使抹粉涂脂。

我回到家，安不在。拨通电话，回答说他在外面吃饭，会尽快回来。电话那头我听不到悲喜——安并不在意我是否归来，我也不在意他跟谁吃饭。眼前忽然出现安油光光的那张脸，我想这张脸一点儿都不美。我不想碰他。

安在22FILM找到我的时候，我正一个人陷在沙发里大口大口地把浓浓的烟咽进肚子。我在烟草的作用下飞升，安从五彩斑斓的颜色里向我走来，我冲他摆摆手，他坐在我身边。朵格，你从来都不想回家吗？外面真的那么好？如我所愿，安说这话的时候并没有拥抱、亲吻我。这很好，我已经习惯了缺少拥吻的生活。我慢慢地害怕他向我张开双臂。

安，这个世界其实哪里都一样，待在家里或者外面。这是一场漫长的旅行，我只想做过客，永远不做归人，因为我害怕一次次的起航。我看见安的脸上闪着白的、红的、蓝的……各种颜色的光，像个天使。我想安好像也不是那么丑。

回家吗，朵格？安看着我。我像一只猫，蜷缩在沙发上。

对不起，再等一会儿可以吗？我现在站起来会跌倒，我的身体轻飘飘的。安，你要不要抽烟，这种感觉好像你已经不是你了，你不知道自己究竟是活着还是死了。这个地方像是天堂又像人间。你知道天堂和人间最大的不同是什么吗？安。我告诉你，是悲伤。这玩意儿天堂没有，人间又泛滥。你看那些天使多安详，你看那些人多丑陋。

那么你呢？朵格，你是天使还是人？

我要做一个留在人间的天使，如果不行，至少我要生出一个天使。

安，让我们生一个天使吧。

朵格，你已经是了。

漆月二十二日 | 人似禁书

我想找一种离身体最近的方式活着，摆脱漆黑的颜色，但这与淫乱无关。我开始认真思考，在我做过的事情当中，有什么是离身体最近的。最后却发现除了睡觉、抽烟和大片大片的空白之外，我似乎一无所获。我开始抱怨恶毒的天气，我说我热得透不过气。我无法触摸自己，那样会让我更加厌恶我的身体——她散发了酸酸的腥臭味。我从来不用香水遮盖这些味道，它是跟夏天的阳光绑在一起出现在我身上的。

我越来越头重脚轻，越来越吃不下饭，一天一顿还嫌多，吐出来的速度比吃进去的快很多，我想我可能是得了厌食症或者别的什么。每天我都早早地躺在床上，翻着亨利·米勒和其他那些永远都看不完的书，心里冷冰冰的，任什么人都踩不进来。这种感觉从我吞了那团肉之后，便挥之不去。我睡下又起来，猛往嘴里塞那些白色的安眠药片。安说，你不要吃那么多安眠药，对身体不好。可那些药都失灵了，我还是睡不着觉。我强行把安拉到身边躺下，我强行让他陪我睡觉，我想这样我能更安心地入眠。安用脑门儿顶着我的脑门儿，在黑暗里睁着眼睛盯着我，我想那眼神至少在那一刻是无辜的。

我的安，我的小爱人呢，此刻你在哪里？你的宝贝我正坚强地抵抗着心里巨大的悲伤。我总是很想让你知道我不难过，这不算什么。但是很抱歉我做不到。每天下午当我在黑色的太阳光中睁开眼睛的时候，我都担忧地想着，这是我最后一次醒来。安不要我了，他不要我，我也不要他了。四周一片明媚，照相机却照出深浅不同的黑色。

你在迎接我吗？迎接我的身体还是灵魂？我撩起裙子，劈开双腿。我用那鲜血淋漓的、黑漆漆的身体对着你。如果我这样做了，你还觉得我美吗？你看那肮脏的河水，它跟我一样，蜿蜒流淌的时候也会偶尔滴下几滴不洁的眼泪。之后很快风干了，蒸汽飞到树杈上，一碰就碎了。又或者飞到玻璃上，形成一个潮湿的屁。

很久以前，你说你非要爱我不可。可是你知道不知道女人在这个世界上究竟算什么东西？对于男人来说，女人有着各种各样不同的脸蛋和声音，而生殖器，全世界通用。当国旗挥舞的时候，它就已经兴奋到嗓子眼儿了。那现在呢？你还说非要爱我不可吗，安？

很久没有唱歌了，还有那些我的朋友。他们不是唱得太好就是还不够好。但是没有关系，朋友的声音永远都是很悦耳的。夜晚的时候，我们手牵着手。你看那黑糊糊的树枝呵，像一个个患有梦游症的人一般，架着各种各样的姿势却毫无知觉。枝杈在月光的照射下苍白得一如雪茄的烟灰。我的朋友们，他们变化太大，从一种作风变到另一种作风，速度快得让全世界都大吃一惊。

我被朋友斥责，他们说我病了该去医院。说的人多了，我开始害怕我真的病了。620说她明天要等在医院的门口，她要把我拖去医院。我说我亲爱的宝贝，请你放过我，我不能去医院，我害怕那白色的床单和医院里那些闻上去古怪的气味。大量的、厚重的、没有灵魂的阴气让我呼吸困难。你要让我对冰冷的医生说些什么呢？我该说"去你妈的"还是"感谢你的仁慈"？

雁儿的朋友说我是思想朋克、人似禁书的女子。我看着看着就忽然发现，我是多么喜欢"人似禁书"这四个字。只是喜欢。你们看，我是禁书一样的女子呵，不要看我，都不要看，禁书不能看，看了眼睛会瞎掉。你们都来学我吧，学我的有眼无珠，学我的义无反顾。你们都把我当毒药一般地禁掉吧，禁掉我，我就再也不会嚣张又狂妄，再也不会咒骂你们是会走路的生殖器，下流无比的小脏鬼。我也不敢再在你们的身上戳出 n 多个洞，并在里面塞满博物馆里的陈列品——那些翻滚的腥臭的古董。

哦，你们看。我是个多么可恶的女子呵！我好像是失去了维生素的酵母。我的血液里滑过冰冷的唾沫。

我会死去，在你们死亡之前。我流了太多的血，那些血最初是鲜红色，后来慢慢变暗，最终变成了黑色。我的血管里畅流着无数的黑墨汁。我死了，死于腥臭。

可是我的安，你在哪里？！

漆月二十三日 | 颜

安仍旧不在家，因为一个叫学学的男子。安已经决定把我扔出他的生活，只是他不赶我走，他在等待我主动消失。我和学学的暧昧刺痛了安。安说我可以对他不忠，但不要选择他的朋友。我置若罔闻。

躺在床上，捧起一本书看。他是美国最伟大的作家，一直都是，读他的书需要足够的安静。年幼时我读这些文字，似乎看不懂，只是觉得它们很肮脏，像当年的《CRASH》在戛纳电影节上获奖的唯一理由就是"脏"一样，当初亨利·米勒的书之所以吸引我就是因为它很"脏"。在那个抱着极大的性幻想手淫的年纪里，这些脏书无疑带给了我莫大的快感和安慰。

我确定我早已经忘记他曾经写过和说过些什么故事了，除了那些污言秽语什么都不记得。在那些污秽的言语中，他描述着整个城市。他说他的毯子下面总是密密麻麻布满了臭虫或者虱子，他这样说的时候，我忽然感觉全身搔痒无比。他总是认为城市很脏，像现在的大多数文学青年都这样认为一样。在那些城市里，到处都是垃圾和蠕动的蛆，大量的比这些更可怕的病毒尤其是麻风病随处可见。哦，你看，亨利·米勒是多么的伟大呵，在那么多人都在积极进取、认为可以创造美丽新世界的时候，他已经觉得这个地球不可救药了。

他说他总能从他的小爱人的腋下或者两腿间的阴毛处找到比臭虫和虱子更肮脏的东西，我想也许他的这些部位也藏有这样的东西，因为他跟她们做爱。他花她们寄来的钱，他诅咒他的小爱人。他用她们寄来的钱嫖妓，他以为他的小爱人跟那些被他压在身下不停呻吟的女人一样，一样都是婊子。也许是的，她们本来就是婊子。他和她们做爱，他乐此不疲。他把每一个婊子都描述得像淫逸的修女，她们看上去如此圣洁又美好，她们的职业道德是一流的，不仅对他，也对所有的人。他比较着她们，从这些比较中获取着致命的快感。

我现在再读他的作品发现他其实是一个诗人。他描述的肮脏都如诗般滑出，让你深刻地相信，这就是整个世界了。他是怎样把整个城市都涂成黑色的呢？即使太阳光透过八角的窗户"溅"到房间里来，仍旧是黑色的。他用"溅"这个词，他让我想象太阳光是黑墨水的颜色。我不得不从床上爬起来点上一支烟，烟味有点儿呛，那个时候我并不想把它吸进身体里而只是想闻一闻它的味道。

再看《北回归线》的时候，发现我的性欲被他肮脏的文字挑逗得呼之欲出。他说他在洗手间里跟一个妓女做爱，可无论如何都无法把他的生殖器插进那个女人热乎乎的阴部。他总是喜欢把跟他做过爱的那些妓女做一个纵向的比较，可她们看上去又都有诱人的气质——至少亨利·米勒是这样写的。这让我觉得他多少对她们是有一些感情的，至少他感激她们在跟他长久的性爱中免去了他的费用还给了他相当的馈赠。

看完之后我合上书，发现我还是不记得他都说过些什么。他意淫文字也意淫自己，他带着所有读他书的人一起意淫。这是个盛大又华丽无比的意淫大PARTY，我偷偷地藏在其中。我想我应该像他那样放肆，可是我永远都写不出他那样的文字。这让我感到多么沮丧。

"桌上摆满了酒杯，钢琴在叹息。"

漆月二十五日 | 私奔

还是等不到安。他永远不会回来了。打开电脑，分别收到狐狸和
620的邮件，却没有安的。狐狸是挚爱我的女子，狐狸说她有话
想对我说。

猫对我说：亲爱的，让我们不顾一切地私奔吧！
好啊！可是我们能去哪儿呢？

你是猫，却不得不被关在屋子里，绝望地望着对面的屋顶。
我天生着一双狐狸的眼睛，却流着鱼的眼泪。

我们是那么一样又那么的不一样，
我们都有着最凶悍不羁的外表，对着那些男人；
我们都有着敏感而脆弱的心，对着那个男人。

我们的爪子和我们字的棱角曾经使一些人受伤，
但我们是无意的，也许只是任性。

我们也曾经因为害怕某个人受伤，
把自己尖利的指甲一枚一枚拔掉。
痛得钻心，却总是在无比快乐地傻笑。

结果当傻笑变成哭泣的时候，
手里连那些仅有的指甲都没有了。

猫哭完爬起来说：来吧，还是去做天使。
然后张开藏在背后的巨大羽翼，起飞。

猫后来在写给我的信里面说：
"我像一个硕大无比的锯，被两个拉锯的孩子奋力地拉来拉去。
"爱是钢筋铁骨，我是锯；爱没断，我粉碎了。
"他们都说要我，都说我是天使。要，泽被东西。

"翅膀被拉断的时候，他们一起放手。
"我仓皇地坐在地上，看着散落的羽毛和破碎的伤口。
"那个伤口破碎得完美——完美得流不出一滴血。"

我呢，我的狐狸般的眼睛里不再流泪，
却在某天整个地噗的一声就跌落在尘埃里。
瘦得如同一根啃无可啃的骨头。

现在猫说：来吧，让我们不顾一切地去私奔吧。

好吧，可是我们还能够去哪儿呢。

我回复。

我是猫。
绝望地望着屋顶的猫。

你是狐狸。
流着鱼的眼泪的狐狸。

有一天，
猫对狐狸说，
亲爱的，让我们不顾一切地私奔吧！

有一天，
狐狸对猫说，
好吧，可是我们还能够去哪儿呢。

请你相信吧。
我们不是同类。

我们胜似同类。
我要用我的爪子拭干你的泪。

我们没有一个是天使。
尽管抹粉涂脂。

我们不去天堂。
我们没有天使的翅膀。

没有翅膀就不怕被拉断。
无法破碎就看不到流不出一滴血的完美伤口。

这个世界本来就邋遢。
没什么可怕。

于是猫又对狐狸说。
亲爱的，让我们不顾一切地私奔吧！

请你带我到彩虹下面狐狸的家。
我们一起去看狐狸嫁女儿。

有你在，我不怕灾难。

因为你本来就是一只狐狸。

狐狸们会原谅你的任性。

狐狸总是比人更有人性。

这是女人身体最昂贵的印记。

最温柔的战役最痛快的交欢。

第二封。

朵格，你打算结婚了吗？我妈就天天这么催我。安呢？他现在在哪里？

所以620，你现在打算当我妈来催我了？安已经很久很久没有回家了，我不知道他在哪里，也许他以后都不会有时间陪我。但这已经不重要了。

宝贝，女人在劝别人的时候，首先要显出自己的语重心长、光明磊落。而换到自己身上，却又无时无刻不忘记咬牙切齿地发着狠。谁又不想安定地生活呢？

女人说要找一个如何好的男人，要一种怎样怎样的生活，我也无数次地这样想过。有时候我甚至觉得，无知女人的天敌和众多男人不费吹灰之力就能够得逞的秘密，是女人那颗太容易满足的、虚伪肮脏的心。在这个世界上，真正虚伪的是女人。男人的动机一般简单而又直接——用尽各种手段让女人躺在自己的床上，世界公认，路人皆知。女人则不然，你永远不知道她真正想要的是什么，甚至有时候，连她自己也不知道。但一般情况都是打着感情的幌子想着不知道什么海阔天空的事情。女人为了自我保护，总需要不停地说谎，欺骗别人的同时也渐渐学会欺骗自己，渐渐麻木和虚伪。

在性事上，男人会在完成一次性交后，很快地睡去，要我怎样来形容这个速度呢？那好比是流星，一闪而过。在女人还睁着眼睛傻乎乎地回味这段交欢中爱的含金量的时候，男人已经像一头死猪一般再也摇不醒了。后来，当我发现在一个男人的生殖器抽离我的身体之后，我睡去的速度绝不比男人慢的时候，我才真正明白什么是所谓的"爱"。

漆月二十六日 | 自慰

北京的秋天原本是我最喜欢的季节，我待在家里，门都没出过。过不了多久，这样的季节就会死去，越来越冷，越来越冷。今年的秋天对我来说，是最难过的。不止因为独处，还由于我的感情过快地流失。我的心因为太过空虚而显得格外不安。我用刀子刮破爱情，血流，如注。我倔犟地握住刀，不对伤口自慰。

安不见了，学学刻意回避着我，富人F也越来越不喜欢我了，除了我不太愿意贡献自己的身体外，最关键的是我连一个微笑都不愿意给他了。尽管他送了一只很可爱的玩具小猪给我，还是没能让我高兴起来。富人F看着我那张毫无表情的脸，也开始生气了。他说朵格，我希望你能开心一点，任何事情都没有什么大不了的，还得活着。

我说，我没有说我不活了，我只是不高兴而已。

富人F扔下我自己走。走的时候说，朵格，你自己打车回家可以吗？

我说好的。扭头就走。富人就是富人，富人花钱买的就是快乐，你绝对不能让他花了钱还买不到快乐。富人会认为那是你的罪过，富人会甩手而去。

离开富人 F 之后，一路想着我跟学学说过的话。学学，我不是寻死觅活的女人，这个世界没有什么是不能放弃的。你只是一个男人，安的朋友而已。

但是后来，学学还是变成了我的下一个男人，是我要说的又一段故事。我因为他离开安。

漆月三十日 | 出走

安终于回家了。我在安的面前刻画着给学学写情书，安看得真切，我视而不见。

学学，我的小爱人，我是多么爱你。你眼神晃动的瞬间，我就知道我已经爱你了。你用洁白的手抓起愤怒的头发时，我就知道我已经爱你了。那个下雨天，到处都是脏的。我们出门总是碰上雨，像大地和天空在做爱。

很多人对我说，我亲爱的朵格，你最近不写字了吗？你还好吗？没有你在我是多么的寂寞！

我说哦，我的小宝贝们，你们让我心疼。我走失了，我来到了一个看不见自己的地方。四周都是怪模怪样的镜子，凹凹凸凸的。我看着那些镜子，那些镜子里没有我。我想是我的皮肤坏了，我的眼睛坏了，我的头发坏了，我的身体坏了。我身上的每一个细胞都坏了。我的病深于骨髓。所以我看不见自己了。

可是我的小爱人，你究竟在哪里？你知道我生病了吗？我爱你，我不爱你，我爱你。拈花的微笑，花瓣是单数的。那张大大的、通往西班牙的地图，被我丢在了哪个角落里呢？我跟随你的每一个动作，我爱你，我不爱你，我爱你。我的弗拉明戈，年轻的女子跳不出弗拉明戈。它让我接触痛苦，却用诗般的节奏唱出这样的痛苦。我们去看巴塞对皇马的比赛，他们是世仇，我们是爱人。

学学，我的小爱人！你是多么的天真迷人。想着你的瞬间，我开始觉得自己疯了，我的脚趾不停地动来动去。我数数，1、2、3、4、5、6、7、8、9、10、11、12、13……

我的小爱人，你在哪里？我们应该天天做爱并紧紧地抱在一起熟睡。我经常在床上乱说话，我不记得自己都说过什么了。我找不到你，这让我多么绝望。我把手伸向你的身体却什么都摸不到，我开始失落，我在一瞬间变成了性冷淡。我闭上眼睛，空气里有一个轮廓，我想着摸到轮廓也是好的。我的脸变得浮肿，像个泡芙。我受了打击，这比平日里更糟糕。

我要给你写一封最美丽的情书，我的小爱人。我们一起坐世界上最大的那艘船——它比泰坦尼克还要大还要美，可它不会沉。甲板上到处都是黑色的鸟。我们忧愁着，害怕踩死其中的一只。那黑色的血液会弄脏我们华丽的鞋子。于是我们跳来跳去，跳来跳去。乌鸦在我们的晃动中飞起又落下。最后，一只白色的鸟停在你的手臂上，它注视着你，它的眼睛明亮得像一颗宝石。它的羽毛和你的皮肤一样洁白。我说那是一只乌鸦。你说乌鸦为什么是白色的？我的爱人哦，我可怜的小爱人，你的世界多么纯洁一片！

那只长得像猫的狗，我美丽妖娆的小爱人，我像爱你一样深爱着它。我爱它不是因为它是狗，而是因为它像猫。猫会用猫砂，狗不会用猫砂。你问我如果狗跟猫住在一起能不能学会用猫砂？我说不能，猫只会跟狗学会到处拉尿——学坏总是比学好容易得多。但是我年轻的小爱人，拥抱一只猫远比打理一只狗容易。我想你还没有及时地了解这一点。那只长得像猫的狗，它在我的生活里忽然出现又忽然消失。在我还没有设法把它彻彻底底变成一只猫的时候就消失了。我走的那一刻，拥抱着它——像拥抱一只猫。

你问我是不是我流泪的时候总是要吃很多巧克力。我其实不经常吃巧克力，虽然我经常流泪。我家冰箱的纸盒子里，放满了大大小小、奇形怪状的法国巧克力。我从来不吃，我想它们最终会坏掉，可如果我吃掉它们，也许坏掉的就是我的牙齿。

我的小爱人，我是个有恋手癖的姑娘。我酷爱你的每一根手指。它们看上去多么轻盈而且美妙。我幻想着当它们接触到我身体的时候，快感会穿透我的皮肤直接到达我的灵魂。我晃动一下，我想和你做爱了。你脱掉你的 NIKE 球鞋，你穿了一双雪白雪白的袜子，我脱掉我的高跟凉鞋，我没穿袜子。

你离开了我，我再也找不到你了，我的小爱人。这让我看上去多么伤心。你还年轻，可我已经老了。靠近你，你的光芒烧得我皮肤生疼。爱情是最重要的器官，我的器官却已经早早地凋谢。

我想起你说你需要借助安眠药和无聊的相声才能睡觉。假如我躺在你的身边你是否会睡得安详。我走的时候你蜷缩起身体抱着那只像猫的狗，它在那一刻很乖，它在那一刻真的变成了一只猫。

窗外的太阳暗了，但你家里的灯还没有亮起来。我的小爱人呵，这一刻我还是无法停止爱你。

漆月终结日 | 家书

我爱你，朵格。

我拉着美丽的你晃晃悠悠地走在马路中间。我故意的，悄悄地触碰了一下你的乳房，问，感觉到了什么没有？你说，你的生殖器硬了。我忧伤地说：我感觉到了幸福。如此幸福的生活，为什么你要破坏它？

吉野家，两个双拼套餐，每次我们都吃这个。靠在马路窗边，隔着一层玻璃，外面人们川流不息。阳光温暖。你帮我撕开一次性筷子递给我，然后用勺子给我喂了口饭。幸福像阳光一般洋溢四周，我低下头，忧伤的泪水止不住地模糊了双眼。我爱你，朵格。如此幸福的时光，为什么你要破坏它？

超市购买物品。牵着你的小手，穿过人群，每每对面有人迎来，我都要双手环住你，避免跟别人的触碰。哪怕一丁点儿触碰，我都不想别人来占据。我如此地忌妒所有人，忌妒他们也可以肆无忌惮地用眼光触及你裸露在外面的肌肤。那是只属于我一个人的。我希望你永永远远属于我一个人。如此幸福的人儿，为什么你要破坏它？

不喜欢拍贴纸照，知道自己拍不出好看的来。可是买完东西，旁边正好有一家小店经营这个。毫不犹豫地叫你一起来拍，只想留住点儿什么纪念。拍到最后一张的时候，做了个深吻的造型，已经很久不曾这样吻过你了，这次却不经意间感觉到了那久违的心动，想要继续吻下去，可惜你已经按下拍照按钮，结束了这次拍照。你似乎并没有感觉。打印出来一看，拍的效果比预料的好多了，幸福的感觉，你已经没有体会了吗？

回去的出租车后座上，想要再来一次深吻，你推说，回家再吻。你已经不再爱我，当初的心动、甜蜜，你都感觉不到了。残留的一点温情，已经经受不住时间的考验，不然怎么会毫不留情地爱上我的朋友，让我在发现的那一瞬间完全崩溃，完全无法相信眼前的文字是现实存在的。我多么希望从来没看过那些文字，它让我坚持在心底的信念在那个瞬间轰然崩溃、崩溃、崩溃、崩溃、崩溃、崩溃、崩溃、崩溃、崩溃、崩溃、崩溃……

我告诉自己冷静冷静再冷静。冷静后，开始询问事情的缘由，就算你编出一个足够完美的谎言，我也心甘情愿。

一下午的 MSN 对话毫无结果。你开始穿衣打扮，因为心情不爽，要出去散心。你不曾想过丢下我一个人在家胡思乱想是什么结果？我在 MSN 上留下几百个不要走，你依旧不管不顾地出门而去，去了那个我极其不喜欢的圈子。几个小时过去了，胡思乱想到快要崩溃，1 点钟的时候，给你打了个电话，我试图再一次地努力挽回我快要放弃的信念，我希望你还是在乎我的，我一再地请求你回到家来。你却在那头大声地说着各种理由，我已经快一天滴水未进，虚弱的声音无法继续请求下去。终于，紧绷的那根弦无声无息地断了。我使出我最后的力气对着电话狂吼了两句我自己也不知道的话语，然后用前所未有的力气砸上话筒。出乎意料的，话筒居然断了。

为什么你要那么残忍，割断我仅有的一丝信念？

电话开始响起，我躺在床上死尸一般没有反应。心底却升起一丝希望，你还是在意我的，没有放弃我，你马上就要回家了。5 分钟过去了、10 分钟过去了、20 分钟过去了……每 5 分钟电话震动一次，我盯着天花板，心逐渐凉去……足足三个小时，彻底绝望的心死去！

为什么那么绝情？心中那么完美的爱情就这样彻底熄灭。朵格，我爱你，我依然爱你，可是对你我心已死。

心死。

这是我收到的安给我的唯一一封邮件。直到现在，我才明白什么叫做"心死"。对不起，走到最后我还是失败了。也许我们都没有犯规，只错在当初太过执著，大言不惭地扬言抵死都要缠绵。我没有后悔爱过你，我的感情曾经像我的血液一样肆无忌惮地流，不同的是，血可以再造，感情用光了就没有了。

我们是一样的人，逃不出时间的毒手。很抱歉我要说你的感情保质期也许只有半年而已，可是对我来说，这太短了，短到我还来不及封存，它就已经被风吹散。我想撕掉左手的皮肤，这样可以连同那个作为生日礼物永远烙在我手腕上的纹身一起撕去，我不会再记得一朵花和另一朵花的故事。我会摘下手上那枚小小的镶有 9 颗小钻石的戒指，仔细地把它收藏起来，在很多很多年以后拿出来，微笑看着那依旧耀眼的光芒。

我会记得无数次面红耳赤的争吵和你的泪。我会记得《加勒比海盗》。我会保护好你送我的曾经让我心动不已、现在即使大醉也要和贞操一起摸一摸，确保都还在的手机。我会在我每年生日的时候都问候你一句生日快乐。我会保管好那张驾照，不把它弄丢，也保证不让自己在驾车时发生车祸。我会努力做别人的不再乱发脾气、任性妄为的乖巧女友，如果我可以得到你的祝福的话。我会……

我会忘记我们曾经相爱，然后幸福的地生活。

对不起。你不爱我了，我也不再爱你。我说我们终究还是没有走到底，你却说我们已经走到底了。

你是对的，在刚刚恋爱的时候，我们已经疯狂的透支完全程的感情。失去了爱，唯一舍不得的也就只有很长一段时间以来的习惯。我们只是平平常常地说一句我习惯了，所谓习惯成自然。在整个过程中，投资了多少感情才换来一句"习惯"。现在我打算把我的"习惯"连同我的投资统统抛出，就当做了一笔失败的生意，只是一笔生意而已。破产了就死心塌地地改行吧。

逝月

逝月，流逝的逝。

逝月初始日 | 学学

我披头散发地冲进学学家。像我结束了与安的感情、一丝不挂躺在学学床上的速度一样快。那天学学用颤抖的手抚摸着我的身体。而他插入我的身体到喷射的速度也像我离开安躺在他家床上的速度一样快——快得我的欲望还没来得及燃烧就已经被浇灭了。学学说他觉得对不起安，他们是哥们儿。后来学学沮丧地从我的身体上滑下来——像一片枯黄的落叶般无助。从那一刻起我就知道我们之间完蛋了——性会成为埋葬我们的最终坟墓。

我说学学你没有对不起任何人我和安已经结束了。学学说他知道我是为了他才离开安的，可他根本无法像安那样给我我想要的东西，他还说他很伤心我因为他而失去了安。我想学学其实我比你更伤心因为安同时失去了我们两个人！

房间里空荡荡的安静极了，我们光着身子躺在床上谁都没有说话，各想各的心事。我想安、学学和我，感觉似乎我们都给自己多了一点。如果我愿意虔诚地奉上最温暖的笑容是不是就会幸福？

我说学学我饿了，我想吃吉野家。学学说好。然后穿上衣服牵着我的手走上街。

学学说朵格你漂亮得刺眼，街上很多人在看你，你是属于这个世界的美丽精灵。我说那你为什么不看我？我脱光衣裳躺在你的床上你都不愿意多看我一眼。学学说那个时候他在想我应该是安的女人。

学学，你他妈的早就知道会是这样！为什么你不像当初一样，一直坚决地拒绝我？你拒绝我说你不能跟朋友的女友恋爱，我觉得你说得对我没有呼天抢地死缠烂打。几天后你站在我家门口说要带我出去走走我就跟你去了。你把我带回家说不想让我离开我立即脱掉衣服躺在你的床上……你在我全部接受之后告诉我你不能接受我！我开始站在大街上嚷嚷，很多人在看我。

这他妈的简直就是一出闹剧我想！学学是导演我是唯一的演员，而我却演了个倒霉蛋！我不知道怎么收场也不知道下场。
学学说你这个疯子你不要在大街上叫喊，然后拉了我的胳膊就往家里拽。我说我还没吃吉野家。学学说改天再吃今天回家我做饭给你吃。

后来我没吃饭我躺在床上看《巴黎野玫瑰》。我说学学那个女子像我。学学说我比她理智点她烧房子我不烧。我说我的理智只能确保我不烧房子，但不能确保我不离家出走。

学学问如果我走了我会去哪里。我说我不知道，可能天上也可能是下一个男人的床上。我总要找个床收容我的身体，不是你的，就会是别人的。

可为什么你不能睡在自己的床上呢？朵格。学学问。

因为不温暖。
怎样才算温暖？
不冷就是温暖了。爱情和生命一样卑贱，但我总要过活。
学学说，朵格你太让人心疼。

我说学学，明天我去安家里把我的东西拿到你家吧。学学说好，从现在开始我的床收容你的身体了。我说那你呢学学，你打算什么时候才肯收容我的身体？我总是在疼痛，我的文字比我敲击出的钢琴声要疼，我的欲望比我的爱要疼，我的心比我的眼睛要疼，我的灵魂比我的肉体要疼，我的温情比我的冰冷要疼。我站在原地疼痛我隐忍着不发出声音。可学学你看我并不想做一个离开的人，我应该是参与者清醒的参与者。我睁着一双惊恐又陌生的眼睛看着自己，那个优柔寡断的姑娘我好像不认识了，哭了又哭，笑了又笑，爱了又爱，恨了又恨。到处都是潮的，暧昧不明。这样的感觉，总是让人觉得脏兮兮的，怎么都弄不干净，也干净不了。

安的电话在这个时候打来，顺理成章地帮学学挡过了一个他不愿意回答的问题。安说明天他会接两个女孩回家里住让我安排好自己。我说明天我会回去拿东西你要带套小心得病。

逝月二日 | 真相

一觉醒来被子里流的全是冷汗，衣服潮湿。我从来都睡不暖被窝，我因此总是需要多一些温暖。我动一下，学学那张老式破旧的大双人床发出难受别扭的声音。按下遥控器，*Gone with The Sin* 泄出来，歌特式的死亡，由初吻所激发的爱情金属，Ville Hermanni Valo 性感的男声抚摸我潮湿的皮肤。我轻轻把手伸进睡衣里触碰干涸的身体，我的身体作出回应，蠕动渴求。

学学不在他留了张纸条给我：朵格，冰箱里有牛奶，起来自己热一点喝。钥匙放在桌子上了，出门的时候记得锁门。

白日越来越短早晚开始寒冷，可我还没来得及感受夏日的温情时间就这么过去了。街上的人分明少了很多。只有我，只有我还是一样的，慢吞吞、懒散地低着头走在大马路上，走到放置着曾经收容我身体的那张床的家——安的家。

我拿出紧紧握在手里的钥匙，那是学学家的不是这扇门的。被我一直抓在手里已经有了热热的温度而我的手却是冰冷的。我打开大大的如同旅行包式的背包，摸索很久找到钥匙，打开了那扇沉重的门。

两双女生的白球鞋，满地狼藉。房间黑暗让我以为已经入夜了。键盘被敲击着紧张地发出噼里啪啦的声音，我从来没有听得这么真切过。我站在门口犹豫片刻不知道该进去还是转身离开，像闯入别人的世界一样陌生。一个头发凌乱的女子坐在电脑前目不转睛地盯着屏幕，就连我走进去也没有抬头看我一眼。另外一个躺在床上盖着温暖的被子我看不到她的脸。那是我昨天离开家的时候刚刚换过的干干净净的床单和被罩。

安呢？我问坐在电脑前的那个女孩。去上班了。她答得若无其事连看都不看我一眼。我愤怒地把房间里所有的灯都打开。睡梦中的女孩被惊醒揉着红肿的眼睛问我是不是朵格。

我指着两个女孩歇斯底里吼叫着让她们滚出去的同时，拿起满地的行李拼命往外扔。两双白球鞋在空中划出 4 道完美的弧线后落在不远处的台阶上。瞬间变成灰色。四只雪白的赤裸着的脚丫一动不动像是被钉在地上。三双眼睛停留在空气里，惊慌羞怯尴尬愤怒。

安电话打过来的时候我的声音由狂暴变成了悲鸣。我说安，你个杂种！你他妈的让她们从我的床上滚下来让她们出去！滚出我的房间！她们睡的是我的床，包括你！你睡的也是我的床！

安说那你可以把床搬走是你的东西你可以全部拿走。但现在家已经不是你的了所以她们不需要像你所说的那样滚出去。

后面发生的事情我有选择性地失忆了。我不知道我是怎样把东西收拾完又离开那个家的。我只记得我离开的时候，她们哀伤地把我送到楼下轻轻地说慢走，好像离开的是她们而不是我。我低下头看看自己，发现我已经在震怒中从电脑里拆了一块硬盘。

回到学学家已经很晚了。我颤抖着手把硬盘递给学学并不发一言。我走进浴室打开水龙头。水隔着衣服渗透进皮肤。

学学说硬盘在被我拿回来的路上损坏了。我说坏掉也好这样我全部的回忆就都没有了。
学学说人怎么可以没有回忆。
我笑笑说，为什么不可以？它对我来说真正的意义就是一块坏掉的硬盘。Gone With The Sin 这就是整个故事的真相。

Gone With The Sin

随原罪飘逝

I love your skin oh so white

我爱你的肌肤是如此光洁

I love your touch cold as ice

我爱你的触摸似冰般冷酷

And I love every single tear you cry

我也爱你流下的每一滴眼泪

I just love the way you're losing your life

以及你正迷失生命的方式

Ohohohohoh my Baby，how beautiful you are

宝贝，你是这般的美丽

Ohohohohoh my Darling，completely torn apart

亲爱的，你已被美丽彻底撕裂

You're gone with the sin my Baby and beautiful you are

宝贝，你已经随着原罪飘逝，是如此的美好

So gone with the sin my Darling

亲爱的，你已随着原罪飘逝

I adore the despair in your eyes

我迷信着你眼中绝望

I worship your lips once red as wine

我膜拜着你如酒红唇

I crave for your scent sending shivers down my spine

我贪恋着你的气息，让它穿越我的身体震颤着我的脊髓

I just love the way you're running out of life

我就是喜欢你如此耗尽自己的方式

Ohohohohoh my Baby, how beautiful you are

宝贝，你是这般的美丽

Ohohohohoh my Darling, completely torn apart

亲爱的，你已被美丽彻底撕裂

You're gone with the sin my Baby and beautiful you are

宝贝，你已经随着原罪飘逝，是如此的美好

You're gone with the sin my Darling

亲爱的，你已随着原罪飘逝

逝月五日 | 尊贵表演

几天来我一直乖乖地待在学学家没出过门。我花大量的时间来回忆我的过去和现在那些与罪同行的生活。我想我该做些什么来改变我和学学之间的尴尬。

晚上我在学学回家之后赤裸着身体打开浴室的门，我全身湿淋淋的，我想这样的我很迷人。我走到学学身边，用高傲的乳房与他对视。

学学说你穿上衣服会着凉的。说着就用浴巾裹住我并轻而易举地回避了我的勾引。我在学学的怀里感受他瑟瑟颤抖着的身体。我说我的小爱人，我们做爱吧。

学学痛苦地推开我说朵格不要这样你穿上衣服。我像猫般在学学面前扭动身姿，起伏跳跃。暗淡的灯光照在我的皮肤上，散发出令人蛊惑的神秘力量。亲爱的，到我的身边来吧，我的蜜糖，给我你的意乱情迷。

学学用力抱住我，那支离破碎的情欲找不到出路。冥冥之中被欲望驱使的失败但狂热的灵魂造就着一道道幻觉。学学更用力地抱着我然后放手用同样的力量抱住自己的头，之后缩成一团。

够了学学！我现在是你的女人，我需要你的身体！爱情不是奇迹肉体也不是幻觉，你不能总摆出一张无辜的脸孔拒绝我的身体。

不！学学的拒绝温柔却不容更改。

为什么？因为安？

因为……你像我以前的女朋友，我是那么爱她……

操！真相被残忍地揭露出来的时候，连我血管里的血都跟着愣了一下。这才是学学要我的真正原因。这一天我终于发现，挡在我和学学面前的不止是安，还有那个他心里从来没有忘记过的叫vivi的女人。我穿上学学宽大的T恤站在镜子前。我想学学在拒绝我身体的同时是否也将我处心积虑要发展的、我们之间的关系也一起拒之门外。

一切安静下来。信仰轻而易举被粉碎。我失魂落魄地坐在地上，镜子里的我像朵干涩的塑料花。旧的模子，新的颜色。一遍遍地它被涂上靓丽的色彩，它看上去新到可以再到市场上去兜售了。可我呵，其实只是只用尽全力撞向玻璃窗、撞碎了脸、然后腐烂的小飞虫。失忆的梦，愚昧的脸，甜蜜的嘴，失了味觉的舌，蠕动的胃，恐怖的直肠。

耳边充斥着小提琴嘶哑的声音，断断续续断断续续。我冷冰冰地躺在床上听，猜测着隔壁拉琴的究竟是个女孩还是男孩。我把她假想成一个姑娘，一个姑娘。那么就说那个姑娘的琴发出的声音，像她的呻吟，越来越像，越来越像。已经变成她的呻吟了。咿咿呀呀、酥酥麻麻。

我看看学学，他好像睡着了。"不管你把性说成是什么，反正不能说它是一种尊贵的表演。"我想起海伦的这句话。可这对我来说，明明就是一场尊贵的表演。

我开始性欲高涨。

逝月六日 | 洁死了

我在学学上班之后醒来。几天以来我一直躺在床上看窗外颜色的变化。想起昨夜发生的一切我开始提醒自己，别把感情这种事情想得太迂回曲折。我攥紧拳头敲打几下自己的心脏，毫无痛感。我凝视手中的烟，思考着这么多年我致力于爱情、电影、音乐的生命究竟有多么荒唐可笑？或者这个问题只有死去的人才知道。也许英年早逝留下漂亮的身体才是对它最好的回答。但我不想再次成为这样的人。

我想着自己快要飞起来了。我飞啊飞的，后来我飞上了天堂，变成了一个天使，这是一件多么迷人的事情。我的身体从此无须努力就能变得快乐柔软无比，像灵巧的猫。我的思维也因摆脱负重而变得宽广无比，五颜六色的奇思妙想也跟着飞起来。全部的理性和逻辑，堕落、遗忘、消失，全部的痛苦和潦草，堕落、遗忘、消失。

刺耳的电话声在我觉得自己已经变成天使飞向天堂的时候响起。我从天堂跌回人间。这是个意外的电话，意外得让人心疼。麻麻说洁死了。麻麻和洁是我来北京之前从小玩到大的朋友。

我说洁是怎么死的。麻麻说先是眼睛瞎了后来开始精神失常，最后听说精神严重分裂之类的，反正就死了。

洁是眼睛很美的女子——让你永远无法把色盲和瞎子跟她联系在一起的那种美。她时常笑，笑得不动声色，是我们中间最安静的一个，安静成一种状态，一种出奇静止的状态。那个时候我们经常会和诸如打架之类的小麻烦纠缠不休，只有洁无动于衷。我想这可能跟她先天性色盲有关。我还记得美术课上洁那些令人吃惊的作品，紫色的太阳火红的雪山。我想洁她可真迷人她比我们任何一个人都要智慧，她是美到无以伦比的女子。没有人会在意她是不是色盲，颜色在她的面前显得苍白无力。

我说就算眼睛瞎了可她也不能死啊，这他妈的究竟是怎么回事。

麻麻说洁和我们那个城市里一个很有钱的男人恋爱并住在一起。在一次争吵中被暴怒的男人打了一耳光。男人用力过大洁的脑袋撞上桌角晕了过去，醒来后眼就瞎了。洁变成瞎子男人就不要她了，他当然不会要一个瞎子留在自己身边。于是洁就住回父母家。麻麻在洁瞎了之后去看过她一次，后来再想去看望都被她的家人回绝了。不到一年就有人传出信儿来说洁死了。

最终洁还是死于那个卑微的、天生的缺陷，她的生命并不像我想象的那样比色彩精彩，死亡总比活着有更多深入人心的机会。这件事情在我以后的生命里都固执地影响着我。我总是絮絮叨叨地想着，看不见颜色是一件愚蠢的事情，愚蠢到最终丧命。

挂掉电话我坐在马桶上发呆，满脑子想的都是洁的死。她死的时候是什么样子？那天应该下过雨，洁是抚摸着雨后的彩虹死去的。我想她只能这样死。活着的时候看不见颜色那就一定要死在最迷人的五颜六色里。

洁死了，而我活着。活得龙飞凤舞，活出浑身解数！

逝月九日│颜色

待在学学身边，我一直精神恍惚，不是为他就是为别人。我说学学，我的朋友死了，死于精神分裂，她那么美她还没结婚没生孩子。

学学说朵格那你呢，你想结婚吗我们结婚吧。我说学学你不能让我跟一个不爱我拒绝和我做爱的男人结婚，你的爱情太盲目，说实话我挺可怜你的可你也不能把我拖下水啊。

学学开始哭泣。他边哭边说他其实是爱我的，他一直在努力说服自己对我该公平一些，结婚对他来说意味着一切都结束了，那个时候他就只是我一个人的学学了。

我说学学你看我们的感情多卑贱，竟然需要用公平来维持。你要我用一辈子来祭奠你的感情？学学你不能这么自私我不是你的战利品。我放肆地哭。学学的声音渐渐模糊。那是别的地方我不认识的地方。是洁——洁来了我的梦里。梦里的洁她对我笑。洁说天堂很美她能看见很多颜色。绿色的天空蓝色的云朵红色的雪山白色的树叶。

我说洁，我迷人的小花，你生病了吗你痛吗？你怎么能这么就死了。我是个忧伤的肉体，你是个绝望的灵魂。我的忧伤不及你的绝望。我看到你摆出最初的纯洁姿势站在人群中，身后划过一道道决裂的弧度。那个男人，他的脚步声渐行渐远。他在嘶吼他在破碎。我可怜的安分的小花。请不要相信天花乱坠的誓言，恩宠过后便是无尽的冷漠。那个麻木不仁没心没肺的城市它那么大那么空洞，我看到你的伤口开花愈合。

朵格你看看我多么幸福，飞到天上我的病就好啦。你看我像不像天使？洁依旧送给我她那招牌式苍白的笑。

洁，不管天上还是人间你都是天使。我开始发抖。

早上醒来，一股浓烈的血从鼻孔流出，流过嘴唇，流到下巴。一滴一滴，滴在睡衣上。洁，你快来，我流血了，快来帮我擦干净。努力用一只手堵着鼻子，鼻血沁出指缝。和着水，不黏稠。另一只手刷牙，牙龈也出血。白色的泡沫渐渐变红，变褐，变浓烈。

我站在镜子前微笑。洁会来帮我弄干净。

逝月十六日 | 我们不哭，我们做爱

身体因干燥而枯萎我想着无论如何我都要跟学学做出点儿爱来。灯泡被换成暧昧不明的黄色，空气里流淌着 CHANEL N°5 香水高贵动人的气质，干净的纯白色棉布床单带着肌肤的味道弥散开来。

我把学学拉到床边，我想有些故事是需要循序渐进来讲述的。学学用惊恐的眼睛望着我和房间的一切，好像这并不是他的家而是一个他从未到过的地方，我是忽然出现在他面前的、他生平素未谋面的女子。我说学学我们慢慢来你不要敷衍我。我动手脱掉两个人的衣服。学学的身体苍白消瘦，坚硬的骨骼突兀地撑起薄薄的皮肉犹如弯刀。学学拘束地站着一动不动。我用手指和嘴唇抚慰他尘封已久的身体。

我们不能做爱，我们不能。学学呢喃着，声音软弱，额头上蓝色的血管凸起。情欲如同发作了的蛇毒在我的血管里加速奔跑。我像一头发情的母兽扑向学学，我拼命地抱着学学也被他抱着。学学趴在我身上汗水从他的额头上滴到我的眼睛里。流出来，变成泪。于是这一晚像很多个晚上那样——学学沉默地从我身上滚下来眼泪流个痛快。学学说朵格我没法和你做爱，抚摸你我有负罪感。你的身体多光滑你的皮肤多细嫩你的面孔多天真，但这不属

于我从来都不属于我。

我说学学，我本来就是个骨子里妖冶的荡妇，我不纯真也不会变得纯真。我开始哭。我哭学学也哭。我们哭的不是一回事儿，我哭我的他哭他的。身体开始冰冷。我打开房间的灯，慢慢穿上累赘的包裹着我赤裸身体的睡衣，光着脚坐在床边，无声无息。房间漏风，冬天的寒总是有本事从各个缝隙中挤进屋里来，霸道地将所有温暖俘虏。那点点微不足道的温柔呵，颤抖着竖起战败的旗。投降的那一刻，薄凉而微颤。

朵格，睡吧睡吧，哦，我可怜的朵格，对不起，请你原谅我，我是那么想爱你爱你如此可怜的生命。学学说。

我轻轻抬起头微微动了动嘴唇，我确定我想呐喊但无法发声。就这样，眼睁睁地看着我的心被撕扯得粉碎。那声音如尖锐的警笛划破所有寂静。整个世界都在坍塌，粉碎的瓦片擦着我的身体陨落。我满身是血，怀里却紧紧抱着我不顾一切保护起来的玩具。而那只玩具，却在我怀里安静地睡去，从此不肯醒来。

我缓缓站起身，高高地挺立在床上，低下头，以一种异常高傲而又决裂的姿态看着躺在床上惊恐地盯着我的、悲伤的学学，看着在眼前缓缓倒塌的世界，沉默而又坚定。一刹那间，全世界都在流泪。整个世界像至尊的神身边那些乞求重生的孤魂野鬼，凄凉而怨恨。

朵格，我们不哭，我们做爱。

我们不哭，我们做爱？！学学对不起，这句话我听了太多次。我没有眼泪我的身体也不会流出兴奋的液体。我们不会流泪但我们还是无法做爱。

我说学学，你相信了吧。你不愿意触摸我的身体，对你来说那是毒药不能碰。你爱的不是我至少我认为你爱的不是我。你只不过爱我身上映射出来的那个叫 vivi 的女人的影子。我是你的玩具，被你拆装组合成别人的模样。可现实中我是我别人是别人，我终究不是别人别人也终究不会是我。所以你不跟我做爱你只把我当玩具，而我的真正价值甚至还比不上一只充气娃娃来得更贵重一些——至少充气娃娃能带给你快感学学。但我不能。

学学说朵格，我是爱你的。我说你爱自己胜过爱我。

那个一直重复着的噩梦惊得我无法呼吸，我看着学学的爱在我面前倒下，死去。我无动于衷地看着。我看着看着就笑了，笑的时候我撕扯着身上的衣服。最终我一丝不挂地站着，站着看所有人在我面前死去。我轻轻地把手指插进我的身体手指顿时湿润起来，我呻吟着颤抖着，我的世界就在这样的喘息里灰飞烟灭……

逝月十八日 | 烟头烫伤了外国女人的屁股

我问学学晚上是否愿意跟我一起去无名高看美之瓜的演出。学学说他可以一起去。

我知道学学对摇滚毫无兴趣，他只是用他所能做的微薄的事来弥补他不爱我这个可怜的真相。我是学学的玩具，我没有资格说不。我一直在想究竟是什么让我沉迷在摇滚音乐的世界里。是欲望，只有欲望，赤裸裸的欲望。从小到大的记忆，眼泪、流浪、血液、生殖器、烟草、失眠、逃亡，我把这些词汇组合在一起，我发现它们组合成了新的生命，那就是我。

在高地见到郭龙，听说野孩子的主唱小索因胃癌最终死在医院里。生命无常。回想半年以前，我还跟620、安一起去新豪运看了一场野孩子的演出，不想竟然成了最后一场。人死的时候会有人哀悼一段时间，但终究还是会被忘记。像洁一样，只出现在我的梦里。

嘈杂的音乐。我们每个人都沉浸在自己的角色里无法自拔，而终于摆脱的时候却悲伤地发现，生命已经走到了尽头。为什么会走到尽头？因为前面已经无路可走。但什么才是尽头，什么才是？有人说，尽头是一堵斑驳的墙，墙上不是青苔，而是一具具凋谢的肉体和一个个游荡的灵魂。那堵墙狰狞了岁月，引来一场又一场呼啸而过的天花乱坠。我们坚定不移的盛大而华丽的生命最终都会倒塌。

灼热的烟头在我陷入沉寂的时候，烫烂了外国女人的裙子，烫伤了外国女人的屁股。

啊！啊！一声接一声的尖叫。

我的裙子！拗口的中文。肥胖的外国女人。笨拙地扭动着肥胖的身体，脖子使劲地向后拧着，眼睛拼命看向自己的屁股。她想看看那个洞。看看那个洞有多大，她雪白的屁股是不是能够通过这个洞让人看个爽朗。

她看不见那个洞。我也看不见。那是个小洞，我想。

对不起。我高傲地道歉。似乎这个突如其来的意外与我无关。外国女人恶狠狠地瞪我。我有眼无珠。我是多么欢畅那个洞在那个时刻出现，像一个笑话般让我的伤感不那么强烈。

冰冷的黑暗。当我还想再仔细观察那个洞的时候，电话铃幽怨地响起。电话那头 620 的哭声顿时打消了我欣赏白种女人屁股的兴致。她说跟她住在一起的叫晓的男人忽然消失了，除了一间空荡荡的房子什么都没了。

我说，没有人因为我们是女人而给予特殊的优待。如果一定要流泪，那只一滴。晓不会离婚你们不会有结果，这不能改变。你的青春不能一辈子都卖给这个男人更何况他的资本并不够买下你的青春。

美丽的爱丽斯妖娆地侧卧在床边，偶尔变换姿势，勾引着慢慢靠近的男人。她张开双腿动情地说：请不要将美丽的花朵摧残。哦，我可怜的爱丽斯。是你无私地张开了双腿，怎能阻止欲火膨胀的男人的撞击？欲盖弥彰的笑话让你看上去多么无知。难道你不知道男人要的就是你这萎靡不振的自艾自怜。

别憎恨那些凝固了的血迹。聪明并不刨根问底。你以为你是谁，你以为他是谁？

逝月二十五日｜安全套

一天一天我越来越像个歹毒的婊子向学学索要他永远都给不了的情欲。肮脏的血流干的时候，还没有忘记留下热气。那些沸沸扬扬的言语已经像一部冗长的话剧，穿戴整齐地闪亮登场。我的眼里旋转着喋喋不休的嘴唇。没有人心疼我的歇斯底里。

我疯妇般扑向幸福，以为可以紧紧抓在手里。学学像王子般高贵地摇摇头，眼神冰冷又空洞。我一次次离家出走，走了又回来。没有人发现我的不告而别。

我从抽屉里拿出减肥药，一把一把地塞进嘴里。我已经变得瘦骨嶙峋。抽屉里散落着一些蓝色独立包装的杜蕾斯避孕套。

一、二、三、四、五、六。
我飞舞着头发冲向学学。为什么你不跟我做爱却可以和别人做爱！学学说他不知道我在说什么但请我先安静下来。

我说学学我想这不是幻觉。我分明记得几天前抽屉里有八只避孕套而现在少了两只你可以不跟我做爱但不能这样侮辱我。

很长时间之后，学学告诉我那两只少了的避孕套是他趁我不在的时候用掉了。带上它滑腻腻的，感觉就像在做了……学学说这话的时候看了我一眼，那道灰飞烟灭的眼神立即让我有种脑门狠狠地撞在墙上的感觉。额头与墙壁碰撞的瞬间，那些游离着的光芒万丈，凝结成再也不曾出现过的火球，撑破爆裂的眼眶，用无以伦比的骄傲证明着生命苟延残喘的懦弱。

学学你的意思是，你即使手淫也不愿意跟我做爱，那我呢那我呢！你以一种防备的姿态仰望幸福，你一开口空气里就充满着血光。那些流金的宏伟庙宇。我不得不在你鄙夷目光的注视下虔诚地弯曲膝盖，坚定地跪下去。你不知道我只是祈求我们卑微的幸福。你摇头说不信鬼神。我的祈祷灰飞烟灭。

朵格，对不起……学学的痛苦像一朵花，鲜艳地绽放。

这场华丽盛大的闹剧何时才能结束？烂下去，一路烂下去！你不要伸手摸我的脸。

逝月二十九日 | 苟且

学学自慰的事实几乎令我的每一个神经末梢肿胀化脓流出肮脏的混浊液体。有些疼痛是被禁忌的，见不得光。我蜷缩在房间的角落一口口地把烟深深吸进肺里。五光十色的海市蜃楼像得到召唤般立即赶来赴我的约，热闹的队伍里还有洁。

我伸出手抚摸洁的脸。我说洁你真漂亮你比以前更漂亮了可你为什么这么苍白，你究竟是活着还是死了如果你已经死了是不是代表我也死了。

你看那些千杯不醉的谎言呵，它美丽得如诗如画。我在春梦里游弋，柔软的风轻轻抚过耳唇，风儿在说话：奔跑吧，我美丽的姑娘，前面是你想要的童话世界，遗忘那些悲伤，你虚张声势的勇敢足够使任何人屈服！我停下脚步回头望一望，并没有人在刻意追赶我，一场没有新郎的婚礼仍旧华丽而盛大地举行着。那腐朽的承诺由风儿送到我的身边，我拎起裙子冲着婚礼举行的方向大喊，你这个无耻的骗子！裙子下面，我赤着的一双脚，鲜血淋漓。

洁说朵格你还活着而我已经死了，你不能死你还没有做世界上最美丽的新娘，学学在等你所以你必须活过来。

我在感觉自己快要哭出来的时候清醒了过来。我想我已经坚硬到在任何场合都可以将快要流出来的眼泪咽进肚子里。我的眼泪越来越少，虽然大部分时间我还是想让它流出来，这样我会更舒服一点。

我伸出手抚摸洁的脸。我伸出手摸到一张温热的面孔。620说学学很担心我所以打电话给她让她来看看我。

我说亲爱的你看不择手段换来的爱情是会死在自己的手掌心上的，但是我依旧高贵得无以伦比。我找了很久很久，可找不到出口，只找到一些孤魂，然后拥抱取暖彼此慰藉，接着一起跳舞。

学学在这个时候走进家门，我和620对视然后缄口不言。餐桌旁坐着三个默默无语的人。

学学的电话响起。一个清脆的女声透出电话直钻进我们的耳膜。我埋着头不敢看620，胸口憋闷着开出大片美丽的妖娆，然后微笑着张开深渊似的疼痛索求屈服。

学学说是母亲打来的电话。

你他妈的在和你妈恋爱，说想她爱她？ 620 愤怒的脸扭曲变形，狂暴的空气一触即发。朵格！你疯了吗！钝重的关门声挤碎了我的心脏。

我说学学，在我朋友面前让我显得幸福一点儿这对你来说很难吗？学学说他很抱歉他没想到她会在这个时候打电话过来。他其实并不认识她，她甚至不在北京，他们只是在网上聊天，不动声色。哦，真好，学学你网恋了。

长久封存的疼痛，瞬间轰然倒塌吱嘎作响。我站起身，仰起头喝一大口冰水再吐出去。刹那间慰藉若即若离。所有华丽而决裂的暧昧，在 620 呼啸而过的暴虐中熄灭。

原以为赤裸裸的宠幸终将变成华丽的篇章。不想却只是无疾而终的片段。飘然掠过。

逝月终结日 | 华丽转身

躺在床上，精神恍惚。远看起来，床凄冷得让人悲伤。心像一条衰弱的白棉布，我意外地感到自己的坚强其实不够用，我意外地对自己失望。我很少抱怨，我总是说自己不是怨妇。学学，我们什么时候才能做爱你什么时候才能爱上我你不爱我会爱别人吗？学学那个 vivi 美吗？她哪里像我你爱的究竟是我还是她？你又出现幻觉了吗？学学你又带着避孕套手淫了吗？学学我也想手淫……学学已经睡着了。我还在说。天黑得那么厉害像永远都不会再亮了。我想这样也好，明不明天都无所谓了。月光神经质地劈在脸上，我像个兴奋的幽灵。

后来我流泪，我的浓妆顿时在眼泪中变得一塌糊涂，溃不成军。那层厚厚的脂粉被眼泪冲出两条小沟——黑黑的小沟。深黑色的眼圈让我看上去像一个刚刚被无数男人干的妓女。

我哭得声嘶力竭。学学说的。他见不得我哭。我想那是因为我每天殚精竭虑地想象诚惶诚恐地活着。我不说话什么都不说无论学学怎样问我都不说。我青楼女子般守着我无望的信念，又像救世主一样认为我可以拯救迷失的灵魂，我神经兮兮郁郁寡欢缄口不言精神恍惚语无伦次惶惶不可终日，满脸涂满浓妆还觉得自己清新可人。我让学学跟我一样紧张。

我睁着双眼固执地不肯睡，自从来到学学家我就增加了这种不想睡觉的偏执病，我的眼圈越发深黑下来。早晨来了太阳藏在云后，云没能挡住那红色。那红色，鲜明。像殷红的血狸子，像不朽的梦。

慢慢地，我伸出被窝里的一只手，抚摸空气。空气冰冷划破掌心。一只套在我手上的戒指没了去向。它太大，套在我的指头上晃晃荡荡。我从无名指换到中指又换到食指又换到拇指。我以为这样至少不会那么容易滑落。我总是弄丢它但是每次都能找回来。不过现在它还是丢了它并没有像我想象的那样乖乖地套在我最粗的手指上。我曾经想过很多办法比如像老女人那样在戒指的里面缠上红线以减少内圈的直径等等。

学学说不适合你的东西你非要戴，勉强是没有幸福的。我说，学学我现在知道了，你看它已经不见了。

戒指丢了之后我就生病了。全身火炭一样的烫。没有前兆。学学紧紧抱住滚烫的我一遍一遍地呼唤，朵格你快好起来，我们做爱。有冰凉的水珠落在脸上。我睁不开眼，我听得见声音。我说学学你其实已经爱我至深，只是你全然不知。我说学学如果我离开你会心痛得生不如死。我说学学你不知道你的感情。我说学学我已经是你的宝贝了。我说学学你是多么爱我。我说学学……我其实发不出声音，我什么都没说。

我开始做梦，有五彩缤纷的颜色。我有了一份光鲜的工作。好像是富人F给我介绍的又好像不是。我奔向学学，手上套着我丢失的戒指。我说小银匠改了我戒指的尺寸现在它只能带在我的手上，摘不下来。我梦见学学大汗淋漓地趴在我的身上。学学变成了一条润滑的鱼，长驱直入，经久不衰。我在无数次的冲击中一次又一次地体会高潮。我的身体泡在黏稠的体液里。腥酸的味道。

睁开眼的时候，发现学学一直抱着我，像个化石。我说学学，你睡着了吗？

学学说我一直发烧不断呓语，却挣扎着不肯去医院，他以为我要死了可我活过来了，他说我把他吓坏了。我说学学我没病，我记得你说过只要我活过来我们就会做爱你是爱我的对吗，学学你爱我了。学学说他一直都爱我。

我说学学，我能够压抑身体的欲望，但是心里的不行。压也压不住，它像一头倔驴总是冒出来。你那个vivi还有安，对于你来说重要得胜过现在了吗？如果我走了你会怀念吗？学学，你还记得我说过吗？我的理智只够让我不烧房子但制止不了我出走。你需要的不是我是回忆。我走了你会有新的回忆。

学学说朵格，你要走了吗你不要走你走了我怎么办我不能失去你的，而且如果你离开这里你还能去哪里呢。我说学学，你该去上班了我怎么会离开你呢。

我是在学学深深地吻了我去上班后离开他家的。学学不知道他这次的离开对他也对我来说意味着什么。他走后，我挣扎着从床上爬起来，收拾着我的东西。衣服、鞋、书、唱片、DVD……每一个角落我都细细检查，我不想让我的任何东西遗留在这个房间里。我走了学学会伤心。他还没有认真地跟我做爱。他一直对我说，我们不哭，我们做爱。一次又一次，我们只是哭，我们不做爱。一盒一盒的避孕套被打开被使用，我却从没碰过一只。从夏天到冬天。

我留下一张纸条：学学，我爱你，生死不相许。

这是一次无比华丽的转身。告别之后，我将不再回头。信不信在你，爱不爱由我。

咎月

咎月，咎由自取的咎。

咎月初始日 | 我

离开学学，一如既往的平静，没有波澜。偶尔想他，不太久。我容易忘却很多事，包括感情。

我需要找一张床收容我的身体。不是学学的，就会是别人的。所以我拖着大包小包和十几个破旧肮脏的、民工用的编织袋闯进了林子的家。在林子母亲鄙夷、冰冷的目光里我使劲地把那只肮脏的行李袋往房间里拽。拽不动，全是书。光洁明亮的地板在身后留下几道灰黑不洁的印记。一直留着，没怎么干净过。林子的母亲尖叫，林子家的狗也尖叫。一切因为我的到来而变得鸡飞狗跳。后来我说，这不是我的意愿。后来 620 说，你是活该，没有人能决定你的意愿，除了你自己。后来我承认了这种说法。承认了这是个多么傻逼的意愿。

林子是我还没来得及离开学学，就出现在我生活里的男人。如同最初上演的剧目，我因为林子放弃了学学像我为了学学离开安一样。我会一直这样下去，对男人来说，我这样的女人只会变成他的过去；对我来说，任何一个男人都有可能成为我的未来。只要我确定那个男人是我想要的，也想要我的。可即使我曾经躺在无数个男人的床上，我也觉得自己纯洁得一如处女。肉身破碎，灵魂升华。我坚持地不肯出卖自己，我放弃一张床或一个男人是因为它不能给我一点仅有的温暖。如果能，为何我还会躺在别人的床上呢？一次次，我都全身而退。寻找下一张床，下一款玩具，下一个男人。我不退缩。生活里，我永远要做清醒的参与者，高傲的索取者。我选择林子的动机单纯。我以为他能给我一张温暖的床。我跟他回家，完全是因为我一时间觉得，找个好玩的玩具比当别人的玩具更舒服，更容易得到幸福。尽管后来我会告诉你，这是扯淡，但那些毕竟是我以后才要说的话。

搬到林子家，我辞去了在酒店弹琴的工作，把手机转移到一个空号码上，蒸发般从学学的世界里消失得无影无踪。学学打不通我的电话也找不到我。他开始频繁地给 620 打电话，电话里他哭得很厉害。他后来悲恸得使 620 跟他一起哭泣。他后来没日没夜地发短信给我求我回家。620 后来也没日没夜地发短信给我，让我告诉她我还活着。每收到一条短信慌张删除，不看也不回复。

学学说，朵格，你放在家里的东西不见了，一点儿痕迹也没有，你去了哪里你还好吗？没有我你该怎么办，你回来。学学说，朵格我买了你喜欢吃的香肠做好了饭，我等你回来吃饭。学学说，我们重新开始我们哪里都不去，只在家里做爱。学学说，朵格，我新装修的房子里，每一件家具每一个饰品就连洗手间墙壁上的瓷砖都是你喜欢的图案。你不回家，我看到这些多难过。学学说，朵格现在我相信了，相信你还没理智到不离家出走。你走了你吓坏我了。你回来吧，我承认我爱你，没有你不行，承认你已经在我心里很重要了。学学还说，朵格，只要你回来，我什么都愿意为你做。我们结婚，我一辈子只爱你……学学说得太多，我什么都记不住。

各月六日 | QUIET INSEDE

很多天后我敲开学学家的门。你好，学学。我惺惺作态，一张口就已经将彼此的距离拉得遥远——你是你，我不再是我。

学学抱住我问这些天我住在哪里。隔夜坚硬的胡茬刺在我脸上有些微微生疼。瘦骨嶙峋的肩膀顿挫着抖动，心脏破裂，血汩汩涌出。我说我睡在另外一张床上和一个叫林子的男人。这些天我哪里都没去，就在他家里待着，对着他妈那张怎么都和气不起来的脸和那只冲我歇斯底里汪汪乱叫的公狗。望着学学忧伤而绝望的脸，我强颜地欢笑，狠狠地造作。

学学说朵格，你不要掩藏你的脸上写满了绝望，没有人能抽空疲惫只做无动于衷的躯壳。你可以恨我但你不能折磨自己。所以你回家吧让我们再来一次，这次我只爱你。

我说学学，我还没有强大到可以再次用付出做交换，我已经没有什么可以给你了。你没有我要的温暖，我没有家。你家不是我家。家里藏着的是你的温暖，不是我的。

但是你爱我！

我也可以爱别人。爱没那么重要它只是一个交换的符号而已。交换不到你的，我可以跟别人做交易。这个世界太大，没有你不会变得格外与众不同。很抱歉我现在变得自私可在这个世界上不爱自己我们还能爱谁。

学学抱住我什么都不说，只脱我的衣服。我也什么都不说，由着他脱。他脱掉他的衣服，他穿着一条小花内裤。他脱掉我的衣服，我没穿内裤。一只颤抖的、性感的嘴唇触碰我的胸部。他带来一个画面，我渴望已久的画面。后来我揉烂了那张画纸，我再也想不起那幅画。他抚摸我的头发，他说这头发真美。我无动于衷地呆着，像块化石。学学拿出蓝色包装的杜蕾斯避孕套，他说这次要跟我一起用。我全身干涩，神经质地蜷缩起身体，学学带了套也进不去。

半个小时之后，我眼睁睁地看着学学把那只装满白色黏稠液体的软胶皮套扔进垃圾桶。半个小时之后，我依旧无动于衷地发呆，身体蜷缩。这次学学当着我的面喷射，这次他仍旧自己用了那只透明淡红色的避孕套。

我说，学学你看这就是我们的结果。学学说这次是我拒绝他。

他光着身子走下床。将一张碟片放进唱机。QUIET INSEDE。那声音是我从来不曾触碰过的性感。它现在抚摸我。我皮肤干燥，像个老女人。

学学说他很久以前看过一个叫《提达米苏》的故事。讲的是一个张扬的女孩总爱吃提达米苏，她爱上个男人但拒绝厮守。最后她死了，车祸。那个女孩像我。

我说，很巧，很久以前我写过一个这样的故事也许你看的是我写的故事。

那么，朵格。你可以继续做提达米苏，我会保护好你，不让你死去。

对不起学学不是所有事都可以重来。我们之间有一个多么不好的开始，不过现在在我看来，这也只是一件曾经发生过的事。包括流着滚烫的血、被撕裂的伤口，都只是一件曾经发生过的事而已。它微不足道到我已经忘却了它曾经发生过。而现在，学学，我待不了多长时间了。长达几十个小时的失踪会让林子抓狂。他从来都是歇斯底里的，而我害怕这种疯狂。

那我呢，朵格，没有你我也会抓狂。

你不会。你只会回忆，你爱上的只是回忆。离开你是我送给你的最后的、唯一的礼物，你将获得新的回忆。爱或者不爱有一个最简单的测验方式。当你在沉睡中醒来感受到的最初情绪不是因我们之间的感情带来的落寞而是其他别的什么事情所引发的感触时，你就已经不爱我了。而我，学学，我已经不爱你了。我还是讲那个叫《提达米苏》的故事给你听吧。

咎月七日｜提达米苏

我说学学，我也曾经这样对安说过。我到北京之后学会的第一件事就是给自己讲故事。我只是不想太寂寞。我害怕失望害怕绝望，害怕连这些都没有了的空洞。

她叫提达米苏。手里总是拿着提达米苏，要么攥得紧紧的，像怕被什么人抢走一样；要么就是顶着一头愤怒的长发，扬着一张轻蔑的脸把她心爱的提达米苏轻松地送到嘴里。嘴唇微动，发出"咯吱咯吱"的声音。长时期以来，大家都叫她提达米苏，这时间长得让她甚至已经忘记了自己真正的名字。事实上，提达米苏如此有趣的名字和她那个可爱的嗜好并没有让她得到太多的青睐，即使她光鲜照人的程度远远超过很多女子。

提达米苏从来都不是专一的人。中学开始她换男友的速度就比换衣服快。有一点拯救了提达米苏，那就是她很懒。她从不主动出击，只是静静等待新的猎物自己送上门来。这样一来她会顺理成章地放弃旧的。按照她的理论说——下一个会是最好的。如此循环，提达米苏就不用为了感情的事而焦头烂额。提达米苏在回忆这些事情的时候，嘴角总是挂着好像奴隶主一样残酷的不留一丝余地的微笑。她骄傲地认为这就是她的人生——美丽的外表和短暂的爱情。她时常想起电影加菲猫最后说过的话：爱情是短暂的，只有鸡肉卷是永恒的。她想她跟加菲猫的爱情观是多么一致——爱情是短暂的，只有提达米苏是永恒的。

整整一个世纪，提达米苏只要一有时间就蜷缩在床上，好像除了床再没有她的容身之地。她蜷缩着，偶尔变换一下姿势。床的周围是大把大把的恐惧。这个嚼提达米苏的女孩始终坚信着，总有一天，会有一个男人甩掉她像掐死一只苍蝇一般无关痛痒。

后来出现了一件让提达米苏兴奋不已的事情，那就是她发现她等的男人已经出现了。按照故事发展的一般剧情来说，男人是爱提达米苏的，他把提达米苏完完全全地包裹在自己的世界里，让她只能看得见自己。他用感情和物质来不停地填充提达米苏干涸的心。可无论男人怎样努力，都不能满足提达米苏天大的欲望。她更爱那种血脉贲张的味道。

他不可能改变我！提达米苏这样胆大妄为地设想着，我不会让任何男人掌控我，我只属于我自己。当然，这只是提达米苏最霸道也最令自己心花怒放的想法，在她还没有来得及付诸行动的时候，男人已经一口咬定说她不干净，说她躺在其他男人的床上。那天开始，男人不再像当初那样愿意给她一整片天了。她发现男人背

着她偷偷摸摸地搞一些无谓的小动作，跟一些她知道不知道的女
人打情骂俏。甚至有一次让她看见，她的男人对自己的朋友出言
轻薄。男人看到提达米苏定定地站着的时候，抬起头轻蔑地问她
说，有什么事情吗？

提达米苏不发一言转身就走。屋外下很大的雨。提达米苏像一根
木桩一样直挺挺地摔倒在地上。她躺在雨里一动不动。男人惊惶
失措地抱起晕过去的提达米苏，不停地呼唤她的名字。她轻轻地
睁开眼睛，手紧紧地按住口袋里的一块方形的提达米苏。她只想
把它吃进肚子里。

他们并没有因此而分手，提达米苏也没有赤裸裸地躺在其他男人
的床上。只是提达米苏的头发更加愤怒，迎风招展着——像顶风
的旗，她一发疯就想撕烂它们。她改变一贯沉默的风格，甩着恶
心的长发扑向男人，拳打脚踢之后张开嘴狠狠地咬向他的肩膀。
顿时，她感觉到嘴里的血腥味，她像一个发了疯的野人，摸摸嘴巴，
品尝着血的腥味。她忽然有一种强烈的快感，如果这个时候有别
的男人在她身边——除了他，她会毫不犹豫地脱下裤子，让那个
人骑在自己身上，干个痛快。她会让那个干她的男人，看着自己
的阴部怒放成一朵罪恶的花。

男人在忍无可忍之后，一把抓起提达米苏，一连串的几个耳光清脆地落在她的脸上。她逐渐清醒逐渐消退了先前的快感，开始变成一只发狂的母狗。对，是一只母狗！她觉得自己那个时候就像一只得了狂犬病的母狗，在快死的时候还苦苦地挣扎，想要咬死别的狗给它陪葬。她觉得男人充其量也只是一条跟她一样的狗，唯一比她多的东西就是那根曾经无数次插进她身体的肮脏的生殖器而已！这样的情节以后又发生了很多次，提达米苏都奋不顾身地冲向男人。每次打完之后，她又会蜷缩在角落像无辜的婴孩一般嘤嘤地哭泣。

她的男人说这是一场游戏，规则是：任何一方，如果谁先犯了错就注定要一辈子被踩在脚底下，永远不能翻身。提达米苏看着他的男人，眼里充满绝望和仇恨。

男人发现话说得有些过火了，他开始安慰提达米苏。他想她只是一个孩子，一个孤零零地冰封在自己的世界里的孩子，由于在不适当的年龄里遭遇了太多不应该遭遇的不幸而变成这样。她的自私来源于害怕伤害的恐惧，她的神经质归功于无数次的伤害。他曾经给提达米苏承诺会爱她一辈子，让她幸福快乐，但是最终他还是没有兑现。他打她时的快感，让提达米苏看在眼里，那绝对不比她咬伤他之后满嘴沾血的快感少分毫。

后来提达米苏又恢复了往日的安静。她沉默不语，只要一有时间就蜷缩在床上，好像除了床再没有她的容身之地。她蜷缩着，偶尔变换一下姿势。她不再想念她爱的男人。

有一天，男人告诉她，提达米苏，你走吧，我不会再爱你。

提达米苏向往常一样，摆着一张冷傲的脸，那张脸上，充满悲伤。她不肯说话，轻轻地打开门，头也不回地离开。

几天以后，有人告诉男人说，提达米苏在冲出他的家门之后不久被车撞了住进医院，至今仍旧昏迷不醒，手里一直紧紧地握着那袋已经撞碎的提达米苏……

咎月八日 | 一起睡觉的好朋友

林子一动不动坐在沙发上等我。脸青得像个酱紫色的烂茄子，颜色不好看我不喜欢。我懒洋洋地脱着衣服到一件不剩。林子的母亲不在家，林子和那条公狗的眼睛都盯在我赤裸的身体上。我看不见，肉体与他枪口似的眼睛擦身而过。

林子一把抓住我的胳膊。手背淡蓝色的血管膨胀突起，指甲变成迷人的粉红色，手心微微潮湿流出了些许兴奋的汗水。中度弯曲，重度紧张。林子问我跟学学现在究竟是什么关系。关系？嗯……我想想。那个上海神经质的女作家怎么说的？我们是一起睡觉的好朋友。我可以到处睡他也可以，只要我们都是自愿的。

林子说朵格我们结婚吧。

我说好。以接受的方式。记得。然后遗忘。

林子不再跟我说话。他走到我身边，用埋葬的姿势把我拥抱在他的怀里。曲卷，夹紧。拥抱漫长而寂寞，好像一段催人泪下不离不弃的神话。我不哭不闹艰难喘息，一把匕首直插进心脏。我的预感万劫不复——这将是我在这个家的唯一下场。

咎月十二日 | 钥匙

为了见到学学我在林子家制造了一场又一场劫难。我说天花乱坠的谎言，我上天遁地无影无踪，我打断林子母亲的喋喋不休按照我的方式行走，林子歇斯底里我沉默不语，我想你说你的而我不会把你的计划融入我的世界。

我说学学我们不会做恋人但你说过，想你的时候我就可以重新来找你。

两个人。两间房。一转身。以爱情之名建一道厚重的墙。我站在墙头跳来跳去，像妖冶魑魅的黑猫。离经叛道。这场游戏我不会再失败，我们比谁玩得根深蒂固，又撤得干净利落。

学学越来越瘦，他本来就不胖。看上去有点憔悴，我不敢看他。学学再次郑重地把家门钥匙重新放在我手里说我什么时候想回来都可以开门进来。我曾经想过一个问题就是，是否拥有一个男人的家门钥匙就代表拥有了这个男人的心。

学学家一如既往冰凉得让人心寒，从身体到心里。灰色地板，枯黄色沙发，立体五角星水晶灯，铁艺护栏，白色窗纱，淡淡的米色落地窗帘上嵌叶状图案，墙面白得刺眼，拉上窗帘，屋里温柔的昏暗吞没你的灵魂。从楼下到楼上，楼梯发出咯吱咯吱的声音。是谁听见自己的脚步在游荡？房间新得像一个刚刚出生的婴儿。这是个按照我的意愿和喜好出生的婴孩，举手投足都有我的模样。我塑造了它，然后狠狠地摧毁自己。学学那道受伤的眼神忠贞不渝地证实着我的成就。我说学学你有钱但是钱买不来幸福。学学后来孤单，孤单得无法自拔。虽然爱随时都可能以蠢蠢欲动的姿态一触即发，但我们谁都没有抓住。

我说学学我们只可能是一起睡觉的好朋友。
学学说现在做什么都不重要，重要的是我并没有离他远去。
我说，学学，你何苦。我们一起睡觉。

蜷缩在学学的被子里听他说我们一起看的连续剧还有三集没有看完，我就一声不响地消失了，我们应该看完它，他等着我看故事的结尾已经等太久了。我说其实不用看了，我就是故事的结尾，你看不到吗？

后来我们看的电视剧有了结局，我跟学学却迟迟没有被定论。学学吻我，抚摸着我的屁股——学学从来没摸过我的屁股。学学说朵格你回来我们重新开始，只要你回来，我会认真地只爱你一个人……学学认真跟我做爱了，在我离开他之后——我身体的那朵花吸吮着学学温热的液体，无比快乐着。那个瞬间，我对着学学微笑，闪出妖气，像一个迷人的妓女——只有妓女的脸上才会绽放着那种不动声色又娇媚无比的微笑，但那不是爱。"从来伤的都是自己啊……"一瞬间，快要死去的容颜不再苍老。我的汁液在空气里，迅速的黏稠、风干，并最终粘在身上，堵住了花茎的出口。我开始觉得无法呼吸，想起我曾经在学学的怀里无声地叹息的样子，我只是难过。在学学还没有抽离我的身体的时候，我开始紧紧地抱着他流泪，眼泪和灰尘混合在一起，骤然间变得一文不值。

仅仅绽放最后一次，然后去死。如此，了无遗憾。

咎月十七日｜病

回到林子家之后我病得起不了床。剧烈呕吐，头晕眼花视线逐渐模糊。脖子周围林密猩红的小疙瘩让我忍不住抓挠，一条条细长的抓痕印在皮肤上久久不退。整个躯体已经到了瘫垮的边缘。朦胧中听见林子他妈在叫唤，呼天抢地对我的生活指手画脚，那只公狗也跟着欢快地叫。林子不敢跟他妈咆哮他对着那只公狗咆哮。公狗对着他妈咆哮。他妈对着我咆哮。声音尖锐像阴雨天的风湿痛。砸锅卖铁。鸡飞蛋打。

我斜在床上，遗弃揉皱的被单。原来跋山涉水，只为了这场天崩地裂的海啸。我唤来林子说如果你再不让这个家安静下来，我爬也要爬着出去！

没有人会害怕我的要胁。我越是要胁那些叫声就越是欢快，显而易见的把戏呼之欲出。凌乱躁动不可一世被无限制地放大。一动不动躺在床上努力瞪大眼睛听林子母亲的声音，我相信瞪大眼睛我能听得更清楚。那个被岁月压扁了的声音继续制造一些事端，林子用潮湿的被单裹住我，一把将我抱起，夺门而去。

我说林子你把我送到学学家吧我需要休息我不能再被你这样抱着跑来跑去。林子脸颊涨得通红，额头青色的血管爆裂，滋拉作响。我开始用尽全力撕扯。最后我挣脱了林子坐上出租车向学学家逃去。

学学不在家幸好他不在家幸好他给了我一串钥匙。骨头断裂般疼痛，嗓子嘶哑，我瘫在地板上。死了吧，画个完美的句号。一个声音说。我渐渐失去知觉。

在大汗淋漓中惊醒时发现学学正守在身边。努力让自己笑笑脸上却无论如何都开不出花。学学问我怎么走了一天就病成这样。我说学学你看你是克星，你一出现我的劫难就在所难免。认识你之后我丢了灵魂丢了心可你不能让我连命也一起丢了啊。学学说他不是克星只有在他身边我才能够苏醒。

我无话可说。墙壁崩塌我失足掉进深渊。

咎月二十三日 | 反复

病好之后 620 来看我。她抱紧我说朵格你胖得像只泡芙。我说那只是虚伪的浮肿。我变得越来越冷可人一冷就开始想入非非。想着想着晚上就做可怕的梦。黑色的墙壁暗红的图腾。白猫的尸体被凛冽地剖开。我双脚陷进沼泽里可我的身体还没有下坠,于是我不停奔跑。我无法让这残酷又令人窒息的画面停下来,

620 说我该回到学学身边。我说为什么你总觉得前一个好而我却坚信下一个会更好。其实只是从一个深渊掉进另一个陷阱罢了。这个鬼魅的世界让我背叛了当初的坚不可摧。可我又能如何呢?我细数疼痛找到伤口,我发现自己完蛋了,我完蛋了这辈子我就死在这上面了。那又能怎样?所谓坚不可摧,不过是为不得不付出的勇敢找一个天花乱坠的理由罢了。

620 说,之前的或者以后的都不重要,重要的是你的新恋情并没有让你看起来更幸福一些。学学现在愿意爱你他愿意重新开始爱你,可你为什么不能接受。

我用力地摇头说不能,我不能,跟学学在一起的那段日子,我像个影子一样被他忽视。被判死刑的灵魂痛苦地挣扎着离去,支离破碎成华丽的尸体,骨头松软坍塌,残破的生活让思维过早地放

空干涸。我现在脱离痛苦大声哭泣，我的神经里不再有任何关于学学的记忆。现在，想到他我就噩梦不断，可这都是拜他所赐。不是什么事都有重来一次的机会。

庄严的告别仪式上，我大声说着不朽不朽。这座敏感又危险的城市，终究是座离别的城市。那些早已成型的暧昧，不过是片刻缠绵过后的虚假繁荣。

说到做梦我发现我可能病了。我做梦哭醒的次数不断增加，梦里可怕的事情越来越多仿佛是就在身边发生的一样，我感觉到冰冰凉凉的眼泪顺着眼角流到床上。可我不知道为什么我白天不哭了。绝望了死心了或破罐破摔了认命了爱谁谁了或者去他妈的吧。我是真的哭不出来了。惊醒之后，我带着满心的悲愤睁开一双很无辜的眼睛让自己装在黑漆漆的屋子里。所以我开始害怕睡觉。你看过一个叫做《式日》的电影？那里面的女孩恐惧睡觉。

咎月二十七日|式日

"式日"在古日本语里的意思是，举行仪式的那天。

"爸爸妈妈都病了，所有人都病了，而我病得最厉害。"一个横卧在铁轨上看书的女孩说。面上涂满油墨重彩，像一个根本不知道什么叫"生活"的童话，在忽然的某一天某一时某一刻，在世俗的尘埃中，粉墨登场。

铁轨，一直一直这样延伸下去，穿透身体。失去创作灵感的导演在找寻他的灵感的路上，遇到一个翻动着一本书、躺在两道枕木之间、身穿红裙、脚踏红色皮鞋、打扮得光怪陆离的女孩。他慢慢地向女孩走去，被惊动的女孩站起身。无声对峙。

你知道明天是什么日子吗？
不知道。
明天是我的生日……

于是，导演买好了橙色的雏菊与礼物，但是女孩告诉他，明天才是她的生日。此后，她每天都会问，你知道明天是什么日子吗？回答说，明天是你的生日。女孩开始会心地笑。

她的生日，永远只属于明天，存在于这个男人根本就不会知道的某一天，那一天遥不可及，因此他愿意固执地相信，明天，就是她的生日。

他开始走进女孩的生活。无疑，他的出现让女孩的世界变得不同凡响起来，女孩就叫他导演。她把他带去她的住处——7层楼高的建筑里。那里每一层都是她的密室，每个密室都装满空洞和寂寞，繁多、琐碎的红色饰品填满房子——红色的天花、红色的电话、红色的墙壁、红色的走道和那些无论晴雨都被她拿在手里、撑过头顶的红色的伞。晴朗的日子，她光着脚站在楼房顶层露台的房檐边，忘记随时会跌下楼去的危险，迎着风，迷惘地站着。她说她爱雨天，她可以释放孤独和恐惧，于是她把那个不允许导演进去的地下室做成了一个可以随时降雨的人工雨场。她随时可以打开阀门，躺进冰冷的苍白浴缸，听雨的声音。地下室的地上，常年的流淌着永远也不会干涸的"雨水"。雨和冰冷的女孩，相继入梦。

因为害怕灰冷的噩梦，所以她拒绝睡眠。并且在每天早上6点，会准时以倒计时的方式，叫醒沉睡中的导演，开始新的一天。直到后来有一天，她拉着导演的手走上那个露台，俯瞰让她恐惧的空洞的城市，静谧地告诉自己说，"还是依然活得好好的啊"，像一场虔诚的祷告，像一场沉默的祭礼。导演站在女孩身边，一直站着，一直站着，直到自欺欺人地认为，他爱上了这个女孩。

寻找灵感的导演开始了解女孩的过去：死去的父亲、遗弃她的母亲、与自己爱上同一个男人的姐姐，所有不祥都停在心里，对每个走近她的陌生人感到恐慌。只有这个导演，他轻而易举地就得到了她的接纳，并天真地幻想他会一直陪在自己身边，陪她过每一个明天的生日。他以为，他是女孩的救世主，他可能把她从空虚缥缈的天际间救赎出来，而女孩也以为，她终于找到了可以在暗夜里给她温暖、让她不再害怕的胸膛，于是终于有一天，她睡着了，时间过了6点，她并没有醒来。后来她惊恐地发现，自己真的睡着了，睡得那么安详。

一个沉默的导演，一个恐惧的女孩。一个好奇着、试探着，积极地把自己装扮成不可一世的救世主，自信着有一天他的臣民能够变成明媚的天使；一个微笑着，打开了一扇又一扇的门，迎接着她的神。只是最终，他们始终隔着一道不可跨越的门，对望。

终于有一天导演厌倦了这样的生活，打算找机会决然地离开。一个午夜时分，电话铃声凶猛地响起。女孩的母亲出现，与抽噎的女孩分别坐在导演的左右。她悲伤地乞求着自己女儿的原谅。于是，真相大白，所有的死亡只是存在于女孩印象中的、一次思维的杀戮过程。最终，她躺在男人的怀里安然入睡。

一切都变得温暖起来。铁轨上布满黏稠血液的梦魇最终被明媚的白昼所取缔。

"一个月，过去三天，结局未明。"

咎月终结日 | 游戏

调整好情绪再玩一次激烈的游戏。可我得有本钱才敢玩。我走了很长一段路到一家新的酒店弹琴。四壁辉煌，浮华暖昧。黑色晚礼服包裹妖娆身体，皮肤苍白，面孔略带忧伤，缓慢落座，双臂优雅抬起指尖触碰冰冷琴键，净香的余味在指尖流淌。我又成了大堂之上标准的钢琴师，标致的美人儿。以一种干净的姿态获得重生。平静的面容下一张刀子似的歹毒心。不动声色。

叫洛奇的男人手里端着一杯橙汁走向我，彬彬有礼。我面无表情，视而不见，如同最初的沉默。洛奇说他是这里的领班需要帮忙我可以找他。轻微点头算是回应。没有必要留下感情在这个无情的地方。

洛奇站在我身边并不离开。我们各有各的职责，不理睬。偶尔回头张望看见一颗明亮的珠子滚落。心脏颤抖，那是颗细微的偷偷滴下的眼泪。再次回头却只看到温柔的注视，一只白皙的手瓦解在空中。

愣一下。嘴角微微撕开个弧度。我不言。他不语。我们心照不宣。

忽然发现林子在不远处向这边注视。假装不知，继续投入地做美人儿。洛奇从身边离开，我回头看去，一个褪色的背影。那背影里细微的不易察觉的微妙情感拉扯纠缠，越来越长，拨响我心底那根绝望又伤感的琴弦。顿时感觉四周漆黑一片。轻微散落的欢笑和话题变幻成坚硬的刺，直指向耳膜。我有些不安，身体微微颤抖，我所有的掩饰溃不成军，淹没在深深的黑色里。可我不能在这个地方沉下去啊。

我把目光递给林子，他赶来接住。心里一阵惊悚脑子却格外清醒起来。林子没有发觉我的变化，他只是以为我发现了他的到来，所以过来跟我说话。

三小时过后。我脱下华丽的皮换上厚重的棉衣。林子搂住我的肩膀向门口走去。我回头望了一眼，那个叫洛奇的男人痴痴地盯着我的背影。我想也许我拥有和他一样的落寞背影才让他这样看得出了神。

朵格我失业了。林子说得不以为然。我说林子可我也没钱你知道的。

倒春寒。这个冰冷的初春，我迷失在北京。

林子说朵格我们结婚吧。我说你失业了拿什么结。林子说你不还没失业嘛。我攥紧拳头暗自悲愤，这他妈的究竟是个什么货色！林子表现出的无休止的炽热和激情开始让我恶心，那看上去喋喋不休的温柔呵，我忽然间不知道是真是假，仓促而又生硬。

回到林子家，我蜷缩在墙角，眼睁睁地看着他迅速把衣服褪去扔在一边然后向我扑来。我转过身背向林子说我很累我还没有吃东西。夜晚十一点。落地窗帘单薄而又凄零，一如我的身体。我被林子压在身下，我一动不动。他的唇贴过来。粉红色。带着浓重的喘息。我被撩拨得情欲深重。紫色幻觉侵蚀着皮肤和思维。身体失去控制。林子那张俊美的脸在我面前渐渐模糊，变成一具赤裸裸的肉身。林子用力拉扯，我身上衬衫的第三颗纽扣脱落。沦陷在这场无尽的情欲里。

后来林子穿上衣服走出去跟他妈说话，留我一个人在屋里。我开始迷惘。林子爱的是我还是钱，我们之间究竟是为爱还是为做爱。

当晚林子被哥儿们叫出去玩一夜没再回来。我一直光着身子躺在被子里。眼泪抚摸房间里大片大片无声无息的黑暗。我开始思念学学思念安，思念很多人。我想这一刻他们都在哪里。他们还好吗。

这么多年来，我恋爱很多，爱情却很少。手指上那只被我带的微微有些发黄的碎钻戒指，是曾经的安送我的情人节礼物。我抚摸它。隐隐约约感受一些温暖。

风不吹。鸟不叫。沾满血的黑色苜蓿在身下缠绕。透着黏稠浓烈的芬芳，无比妖娆的绽放。不要靠近我也别说爱我。这个时刻我只想孤立绝缘。再也不要看到那一张张近似诱惑的脸孔如何在我面前假装挣扎。

春天，就在我支离破碎的恋爱中怒放着。

散月

散月，失散的散。

散月初始日 | 喧嚣

林子的母亲冲进房间在我还来不及思考究竟发生了什么的时候就一把抓住了我的胳膊往外拖。麻布拖鞋遗失在角落里。光着脚站在冰凉的地板上。胳膊生疼。五条暗红色抓痕留在苍白的皮肤上。脑子里一片空白。惊恐但毫不屈服的眼睛盯着狰狞的母子。嘈杂的房间有气急败坏的气质。

林子摆开同归于尽的架势与我对峙。不言语也不胆怯。林子母亲的叫骂声撕扯着安静的夜。那是个隔音很差的房子。楼上楼下开始有了窸窸窣窣的声响，之后是拖鞋踢踏的脚步声。低下头悲伤地闭上眼睛，祈祷上天饶恕这扰人的过错。而后抬起，高傲地注视着因急促咒骂而变得兴奋发红的脸孔。

如果辱骂我让你们感到快乐无比那么请继续好了。我放肆地高贵着，嘴角微微上扬形成一个完美的弧度。林子的母亲像抓住了什么话柄一样的指着我说，你看看，看看她还在笑，你看看她有多不要脸。

依旧微笑着，以决裂的姿态。抬起头看看林子，他正像个冰雕一样杵在那儿，一动也不动地盯着我的脸。林子比他妈更了解我，他知道我的笑意味着什么。虽然我不确定林子在听到他妈暴虐的谩骂之后心情是否快乐得高潮迭起——如同经历了连续射精后的状态。但有一点是肯定的。他们在骂我，我在意淫他们。相比之下我是快乐的——想象总是比发疯要快乐很多。

林子开口了。说他知道我一直瞧不起他因为他花我的钱。

我说林子，可这并不能成为你妈放弃家长的尊贵地位、疯狗般谩骂我的理由。如果我的钱能堵上你的臭嘴的话，我很愿意用钱塞满它虽然我也很穷。但是很显然你想要的更多。你不仅需要钱还想得到我的灵魂，可人不能太贪心得到一些东西就势必会失去其他的。

林子说他不为钱，他爱我，他发狂是因为我不够爱他。我看着林子的脸从标致到扭曲，渐渐失去光泽。贪婪的不朽像被授予的勋章骄傲而横行地放纵。那张脸开始变得模糊而且陌生。突如其来的嬗变挂上凛冽的微笑，唐突而逼真地渐渐走来。

那张脸激起了我强烈的反抗欲望。我说林子，我去卖艺，挣来的钱全给你花。你对我的爱是建立在我可以供你消费的基础上的，而我却一贫如洗可这似乎并不能打动你。你妈把我像拖死狗一样拖出来究竟是嫌我挣的不够多还是认为我怠慢了你？我开始歇斯底里。

房间里忽然大片大片的留白。没有声息。我在林子和他母亲面前蹲下身去。胃部绞痛使我无法正常站立。寂静的房间，我听得到自己急促的呼吸。没有人来扶我一把。

我疼痛但不流泪。即使死去也不能输掉这场华丽的战争。

我说林子，没有人愿意把性命都豁出去给你。可你长久以来坚持保持的却是一种索命的姿态。我做不到别人也做不到。你要得到跟我有关的全部密码可我觉得这是我最起码的保障和隐私。你说隐私就是我背着你做了见不得人的事情，这听上去简直是个笑话。你说我坐在酒店明亮的灯光下卖弄风骚，我的文字透着暧昧的情欲。你把你的不满通通告诉你妹，你妹告诉她妈，她妈再告诉你妈。于是你妈就摆出痛打落水狗的姿态将我硬生生地从房间里拖出来。可如果我不卖艺为生你现在花的钱又都从何而来？你教唆她们与我为难，当她们指着我的鼻子骂我肮脏的时候你难道忘记了，你的全部花销都是我这个肮脏的婊子辛苦赚来的？

束缚不是唯一的方式。让彼此在彼此间游离但不被干涉。我知道这些林子都不懂，也不会懂。我没有说出口，也不强求。

林子的脸因痛苦而扭曲变形。给心构筑起一道厚厚的墙，不再怜惜。楼上楼下的拖鞋声渐渐消退，一切又都恢复了最初的安静。人性纯良，房门终究没有因为撕裂的喧嚣而被敲响。感激善待的人们。

林子的母亲怀抱着那只公狗坐在沙发上一言不发，只是落泪。公狗出奇的安静，用潮湿的舌头舔着那张老泪纵横的脸。

木然回头，看到林子脸上有泪。我退回房间，换好衣服，走出门去。

这场貌似以我的胜利而告终的闹剧其实是以我的离开而华丽落幕的。街上没有人，雨下得凄厉。我听见自己孤独的脚步踏在水上溅起水花的"噗噗"声。

"孤独的人是可耻的。"我无地自容。

散月二日 | 老 Z

早上四点零七分。倾盆大雨中。妖冶的妆容被雨水冲刷，片刻间成了戏子。细小又突兀的烟瘾钻进骨头，烟被雨水浸湿，火机哑口不言。整个世界都离我而去。我跪在马路中间，张开嘴大口喘息，眼泪和雨水一起流进肚子。

我想我不能就这么死了。于是我拨通从美国回来的老 Z 的电话。老 Z 是我认识多年的朋友，定居美国。联系不多，偶尔问候。我说老 Z 我很累快要死了，我需要休息，能去你家吗？老 Z 说你快来，外面很冷天在下雨。

和雨夜相比，老 Z 家干燥而温暖。我湿淋淋地站着，像具华丽的尸首。外套。T恤。鞋。袜子。长裤。胸罩。内裤。我被老 Z 脱得一丝不挂。乳头上的水珠一滴滴下坠，落在脚面，弹到地板上。老 Z 用手指轻轻抚摸我潮湿的身体。不反抗。闭上眼睛，粉红色的情欲绵延不断。被雨水冲刷过的身体因亢奋而微微颤抖。老 Z 抱起我轻轻放上床，干裂的嘴唇狂热地探寻着苍白的肌肤，皮肤被嘴上爆裂的死皮刺得微微生疼。听之任之，不躲藏。皮肤上沁出细密的汗珠，在灯光照射下闪烁快乐的颜色。胸部因急速呼吸而上下起伏，波涛汹涌。这个时刻再没有比享受高潮更快乐的事了。

事后。老 Z 走下床钻进浴室。我将手指慢慢放入两腿间，一动不动。纯棉床单被汗水渗透，潮湿而冰凉。我是患严重恋床癖的女子。老 Z 的床不舒服，不如我的床舒服。那是一张承载了我所有记忆、梦想和喜怒哀乐的床。那张床自从我来到北京之后就被母亲找托运一起运到了北京，我每搬一次家就搬一次床。我固执地认为那张床是我唯一的安详的家。它像一个大大的怀抱把我裹住，它吸收我的眼泪也面对我的死亡。

老 Z 从浴室走出来，腰间束一条浴巾，懒散地问我好些了吗？带着美国人的传统。我微笑说谢谢，心中如海藻般纠葛起伏。耳根开始发热，刚才的画面闯进记忆残暴而歹毒。我看到自己寂寞发霉的倒影不断颤抖，在老 Z 像子弹一般进入我的时候，身体微微挺直，然后颓然无力。

我说老 Z 可不可以把房间的灯都打开。老 Z 照做不问缘由。灯火通明，我在刺眼的灯光中迷失。自欺欺人的快乐。

朵格嫖你一次需要多少钱？跟你做爱充满快乐。老 Z 开了个迷人的玩笑。1 块就够了。你把我当成妓女了吗？你买别的女人的时候究竟花了多少钱，比我高还是比我低？我笑意更深。

这个价格刚刚合适。给你 3 欧元，我包你一个月！2 枚银光闪闪的钢镚在空中划出一道完美的弧线散落在床上。我拣起面值不等的 2 枚陌生的钢镚，一枚 2 元，一枚一元。冰凉没有温度。放在嘴里轻轻咬一下，金属的气息。

低下头开始沉默。看两枚硬币安静地躺在掌心。手指微微卷曲互相触碰，彼此温暖。那纠缠不朽的情感在我面前慢慢转身，逐渐凉薄。

又出现林子潮湿而清秀的脸孔。沮丧地发现当初不顾一切放弃全部，都只为那张柔软迷人的脸。不断重复。闪回。忽然间懊恼无以伦比。这是个不可饶恕的错误。我这个为非作歹的女子。再不会得到救赎。

散月九日 | 猫的慰藉

林子敲开老 Z 家门的那刻，我正光着脚踩在地板上，仰着头望向晴朗的夜空。老 Z 呼唤我的名字然后消失不见。我披头散发以一种极致冷淡的表情看着林子。他的目光停留在我没穿胸罩的乳房透过单薄的睡衣呈现出的完美轮廓上。淡然一笑。这是我最想要的一幕。

你来干吗？接你回家。不动声色地一问一答。眼角轻微跳跃，各自演出一场精彩绝伦的剧目。刹那间思维放空，冰凉的手伸向俊美的脸庞。想抚摸，却又以决裂在姿态僵硬在空中。尴尬异常。林子伸出手握着我停留的手放在他温热的脸颊上，顺利地完成了一次貌合神离的表演。无法抽离。一丝温柔掠过。只一丝。微笑。好一对演技精湛出神入化的戏子！

谢别老 Z，一路沉默走在林子身旁。街边的路灯昏暗。看不见男人的表情。没有丝毫情感。只是专心走路。

林子先打破了沉默，故作轻松地说几天不见他很想我。我想这个开场有点矫揉造作可总要继 0 一只大手握住我的手，下意识挣扎。林子说你怎么只知道走不知道回来。我说因为我走的时候你并没有阻挡这让我认为我的离开也是你的意愿。林子说那是因为他没想到我走了就真的不再回来。

我们小心交谈。林子刻意避开刚刚在老 Z 家看到的一幕，生怕撕裂某些一触即发的伤口。这种欲盖弥彰的谈话方式让我有些喘不过气。尽可能保持轻松，掩藏那虚张声势的脆弱单薄。朵格，我们之间还有爱情吗？林子问了个显而易见愚蠢至极的问题。

没有！我们只是在恋爱但没有爱情。掷地有声的答案如同寂静夜晚里的霹雳折断树梢。我说了句再诚实不过的话。

为什么？林子停住脚步注视着我，眼里有灼伤的刺痛，清秀的脸孔肌肉紧绷。我想这个男人的灵魂已经离我而去。再鲜活的身体都无法激荡起我妩媚的快感。

为了毁灭，为了血红的黎明。我随口说了一个连我自己都不知道是什么意思的听上去威风凛凛的答案。

可是朵格，我爱你。林子似懂非懂，但这并不影响他虚情假意地抒发对我的感情。我在心里浅笑。说爱我，转身就不在，这就是你至高无上的爱。如果可以的话林子，我们只做爱吧。我们可以成为那种一起睡觉的好朋友，现在可以了。我愿意跟你做爱，除此之外我想我们之间真的没有别的语言来沟通了。

于是就在我的话还在半空盘旋、久久不肯离开的夜晚，我猫一样偷偷地、懒懒地爬到林子身上，自上而下一路舔下去，并最终停留在两腿之间那一根被密密麻麻的毛发包围着的生殖器上。包裹着。像猫一样。记起曾经有人说过，爱猫的女人性欲都很强。可为何女人的感情总需要猫来慰藉。

这一夜林子家格外安静。林子的母亲和那只煽风点火的公狗都没发出过任何声响。当然他们也没有在我进门后在我面前出现过。我睁开眼睛，身边的林子好像已经睡熟了。习惯性伸手抚摸。发现已经不是先前那张渴望的脸。

我穿上红色妖娆的高跟鞋。没有人上前一步邀请我跳一支高贵的华尔兹。独自扭动腰肢，鞋跟断裂，留下一抹残垣的猩红。所有游戏在不尴不尬中喧嚣登场又沉沦谢幕。早就说过，有些故事只有开始没有结尾。早就说过，没有结尾的结尾，便是最完美的结局。早就说过，不要刻意拉扯以为那就是千年不变的永恒。早就说过，说的容易实现它却是大海捞针。早就说过，什么都别说。

早就说过的话，早就忘记。

散月十五日 | 毒糖果、

我在林子把我接回家的第二天又重新回到了老 Z 家。我说借住，老 Z 说我可以把他家当做自己家。关于我的事情，我不说他也不问。两个人都无法了解的感情深处，不会有第三个人能够知晓。一旦走到了曲终人散的地步，不是伸出援救的手就能阻挡得了的。

依旧躲在老 Z 家里光着脚仰望天空。适度做爱。步行走很长一段路去酒店弹琴再在无人的深夜步行回来。如是往返。倒春寒的天气始终没有过去，春天迟迟没来。和洛奇的交谈逐渐变得深入浅出。林子偶尔打进几个电话来。挂断。无话可说。

洛奇说他看了我写的文字。整整一夜，每篇都看。他说我是个会写字的姑娘可我总是写不好自己。我的绝望总比希望多，忧伤比快乐多，疼痛比轻松多，忽略比重视多，对死亡的渴望比活着多。所以他喜欢我，喜欢我写的华丽妖娆盛大而不屈服的文字，喜欢我或苍白或优雅或纯朴或风情的照片，但不喜欢我对生活抱着太多赤裸裸的寻死觅活的态度。

我说但至少你说你看了一夜，这让我感动万分。

洛奇说我源源不断的激烈的忧伤缘于我太过养尊处优的幸福生

活。我永远不知道为生计奔命是多么可怜又低贱的悲伤。

我低下头望着洛奇修长而略带寒气的白皙手指，终究没有说出抵抗的言语。长发从耳后滑落，挡住半张苍白的脸孔。我只是黯然地回答我不是那么幸福。我特别需要爱抚和安慰的时候，如果我把手伸向一个男人却没有被他拉住，或者我在他的身上摸索但什么都没有摸到，我会无比沮丧。我想我会从此性冷淡。我也要为生计奔波。虽然我更想待在家里什么都不做只是让一个男人养活，但是没有人愿意养活我。相反，我不但要养活自己还要养活像林子这样的男人。我要给他花很多钱，但是我究竟为什么一定要给他花钱呢？我不知道。我不吝啬钱可他不能拿了我的钱还说他花的是婊子的钱。

洛奇说他知道在我心里最刻骨铭心的是什么，但刻骨铭心不是生活，生活就应该简简单单开开心心平平常常快快乐乐。

我说洛奇谢谢你告诉我这些，虽然这并不是我最想要的答案。可如果连这些都没有呢？我不爱林子，如果说我爱，我也只是爱他那张美丽得像一张画似的面孔。现在我在心里一直衡量，这张脸在过了多久之后，会挂上峥嵘……当我不再爱这副面孔的时候，会不会已经付出了太多？虽然像你说的刻骨铭心不是生活，但对着一张纯美的脸浪费一辈子就是生活吗？诚如《一个陌生女人的来信》里说的那样，我爱你，与你无关。这只是我为自己编织的梦，与对方是谁毫不相关。

从酒店出来。按照往常的路线走回老Z家。风很大。天空中的乌云被吹得支离破裂，低低地压在头上，厚厚的头发夹杂着肮脏的灰尘一起飞舞。飘飘扬扬。林子等在老Z家楼下。在我进门前叫住了我。

林子说我不能这样一直躲着他住在别的男人家里。张张口。倒吸一口凉气。舌尖冰凉。然后闭上。无话可说。

一阵冷风吹过。颤抖一下。站定。林子拉过我，抱进怀里。仅有的一丝温度被我的抗拒烧得兹兹拉拉地响。一只手推开林子。连同他那假意泛滥的关怀一起推开。

朵格……林子颤抖而绝望地叫我的名字。狂风很快将他的泪风干了。我想他挑了个不适合落泪的时间表演这出戏。憋闷的声音从他的口中发出来，像掉进了万丈深渊——了无声息。那声音，激不起我的任何感情。

抬起头，我们都不曾离开。我沉默。从钱包里拿出刚刚发的工资，丝毫不留全递给他。林子呆呆地看着我。然后掉头离去。

我一瞬间觉得自己变成了一个女巫。不择手段地报复着带给我巨大伤害的男人。我不再从怀里虚情假意地掏出有毒的糖果分给别人，而是恶毒地说，这是毒药不会致命，然而你必须喝下去。这是我的命令，女巫的命令。

散月十九日 | 反复的活

决定面对林子是在我已打算好要决绝地离开他之后。我回到林子家躺在属于我的温软的床上。身体释放出掩藏已久的慵懒。一种幻觉袭来，思维执意要与那些密密麻麻的感情纠缠并拉扯不清。我终究还是不能把自己出卖给一张脸一辈子。林子注视我。百转千回。眼睛里蔓延开的疼痛和千疮百孔附着在我身上。感情不再缠绵。肉体也是。憎恨和冰冷的厌恶四散飞溅。

林子轻轻说。朵格，你回来了。先前的锋利和睿智消失得无影无踪。

我微笑不答。这只是一场拈花的把戏。反复纠缠不休犹豫不决忐忑不安都是为了让自己更好地走。

他走过来。牵我的手。惊慌失措地躲闪并皱紧眉头。我说林子我不能跟你结婚。这次是来结束我们之间的一切的。我变得空前平静。伤人的话总出自温柔的嘴。

我看着林子的眼圈慢慢变红但没有流出眼泪。只是问我为什么爱情无法长久。

因为我们不够幸福。幸福的人会长久爱着他的爱情，只有不幸的人才从一个路口走到下一个如此颠沛流离。还有一句话我是没有告诉林子的。像他这样的男人是不配得到幸福的。转身离去。

再次见到学学距离上次的见面似乎已经很久了，久到我甚至忘记了他的脸。学学一如既往地咳嗽，他咳嗽的时候，皱着眉头，脸憋得通红。这个毛病一直跟随着他，顽固不化。学学的咳嗽声是与众不同的。干燥的声音响起时，我的心也跟着变得干巴巴的。一种前所未有的摩擦的痛苦。我说学学你还是一样你再咳嗽会死的。学学说朵格不会的，像往常一样。

学学为我付钱买下了一台我想要的笔记本电脑。这是我能再次见到他的真正原因。离开林子家，我需要购置一些属于我的东西。我说我会还你钱。学学说反正不贵不用还了。我说学学我知道你有钱可你的毕竟不是我的。学学抚摸我的脸说朵格你还是一样固执。

学学那张过于纯净的脸上看不出一丝喜怒哀乐。我想也许学学已经忘记了，忘记了我这个忽然间逃跑令他心碎的女子。我没有告诉他那次出逃是我精心策划的。在他还没发现已经不能没有我的时候，消失得不留痕迹。学学是个伤心的稻草人，而我是只胆小的猫，无论如何都抓不碎他的心。那次出走对于我而言，并没有比学学舒服到哪里去。为了报复他无视我的存在，我那样做了——判了他也判了自己的死刑，我终究还是那样做了。那次出走，当我现在再次回首的时候，远远望去，像是个笑话。

思索着。现实渐渐跑远了。学学的呼唤把我硬生生地拉回来。学学说他必须走了老板在找他，让我去找安帮我装电脑。想说谢谢。声音哽在喉咙里。望着曾经爱过的背影，终究无言。回忆当初无休止地离开又回来，固执地伸出手要抓住大把大把的幸福，悲伤地发现早已过了嚣张的索要幸福的年纪。

胃里一阵翻腾，呕吐暴雨似的袭来。招架不住。苍白路面上摊着一堆肮脏的呕吐物。狼狈离开案发现场。最近一直呕吐不止，惊恐腹部是否多了一个需要承载的生命。

回到林子家麻木躺在床上，想着那次林子不动声色狠狠抵入身体，缠绵暧昧高唱低吟把我紧紧扣牢。忽然墙壁上大块墙灰掉落。无动于衷地看着。林子的母亲歹毒地冲进房间，看见我在愣了一下，用极其冷淡的语调问我为什么不去弹琴。

我说请假了，我去买了台电脑。那双爬满皱褶的眼睛，死死盯着我手里的电脑。多少钱？声音里夹杂着颤抖。

一万多吧。林子母亲狠狠刟了我一眼，转身离去，用力关上房门。整个屋子颤抖了一下。墙灰啪啦一声，再次掉落。

嘴角露出妖言惑众的微笑。傲慢以精彩绝伦的姿态天花乱坠。休想再把我当做冰冷的机器。将一只手高高举向空中，穿过百转千回的空气，直抵良心。那欢快跳跃着的心脏，从肮脏的泥潭里用尽全力挣扎出来，一次次反反复复。死了又活过。长久以来第一次释放渴望的激情。

爱谁谁！我们玩的就是无以伦比。

散月二十一日 | 诊断

套上妩媚的晚礼服坐在钢琴旁。胃里翻腾恶心忍不住呕吐。围观看热闹的人比听我弹琴的人更多。洛奇先是惊慌失措地看着舞台上蜷缩成一团的我，后用极快的速度冲过来把我抱进休息室。死死抓住洛奇，不放开。洛奇的脸颊贴着我的额头。一阵燥热。那张脸一片片潮红。

四目相对，说不清柔情万种。洛奇说朵格我送你回来。我说谢谢我休息一下就好。谁都没有撤出彼此拥抱的手。在洛奇的怀里闭上眼睛，似乎有些沉沉的睡意。不能睡。这是个锋芒的地方。依依不舍挣脱开久违的温暖，我说洛奇我必须去医院了，好像我的肚子里有了另一个活动着的生命。洛奇送我出门，喃喃自语说着保重，仿佛是说给自己听的。

苍白的医院妇产科散发着浓郁的氨水味。男男女女，成双成对。男人迁就，女人柔弱。那个地方，女人是天，是地，是整个世界。我一个人。快步穿过一间间冰冷的病房——那些房间里有死去孩子的亡魂。安静地躺在诊断室的病床上，任冷漠的医生将冰冷的仪器伸进我的子宫。几分钟之后，颤抖的手里握着一张早孕诊断书。歹毒地对医生说，请在最短的时间内替我杀死这个生命。

医生盯着诊断书上我工工整整地写下的名字问我是否真的确定不要这个孩子，孩子的父亲也不要吗？卑微急促刻不容缓又茫茫不知所以然。这是个关于永恒和灰飞烟灭的孩子。我说孩子没有父亲。已经死了。然后开始流泪。

惨白的帽子和口罩之间露出的那双眼睛，盯着我看了几分钟，然后低下头在各色单子上写密密麻麻的天书。医生是这个世界上最有情也最无情的人。形形色色的故事通通化做悲痛飘进医院，没有哪里比这里的疼痛聚集的更多，没有什么人比这些身穿白色制服的人更会讲关于疼痛的故事。

遵医嘱。付钱。取药。安静等待另一个生命的死亡。

天空清澈见底，纠缠着没心没肺的云朵。这个虚情假意的故事终于快要走到尽头。打起精神拨通安的电话说请他帮我装电脑，安问我位置说马上来接我。蹲在地上等待安的同时打量这个华灯初上的城市。一张张陌生的面孔，各不相同，唯一一致的是神经兮兮拼命赶死似的表情。没有人愿意多爱这个城市一点。我也不愿意。

安赶到的时候，双腿因长时间蹲着而变得异常麻木。安抱起我小心地放在车上。一天之内被两个男人抱住，又给我同样的温暖，讪讪地笑。

安问我为何在医院外流连。我说在我准备离开那个男人的时候发现怀了他的孩子。你看生活多会开玩笑，总是不能让你彻底地走。

可你为什么又要离开？安平淡地问。

我微笑。看透了说着不离不弃却转头就走的骗人把戏，倘若有谁说谁能给谁满满的幸福，你千万别当真。再多几次恋爱也不过是无一例外的惨淡收场。不要把离别看得太过复杂，那只不过是一转身的距离罢了。

安说朵格这些日子你住我家。现在的你需要人照顾。

我说打算独居，不再打扰。当初是我固执地要离开，现在就不该再回头。安说这么久了，你的固执和矫揉造作至今无人能及。

我微笑。安在我心里依旧是可爱的男人，一如当初。

散月二十四日｜把戏

在我把一切都安排妥当之后回了林子家。这一天，将是我和林子共同度过的最后一日。推门进屋的时候，林子的母亲正坐在床边嘤嘤地哭。边哭边歹毒地诅咒我。林子瘫软在床上，看到我进去，眼睛死死地盯在我身上。

我落寞地咧了咧嘴，却没笑出来。一切都不必太当真。你的虚情假意和我的惺惺作态，本就是一出要么价值连城要么一文不值的戏罢了。林子对他妈说想要一支烟。林子母亲说病成这样就不要再抽烟了。看见我在，起身离去。递一支烟给林子。他感激地看了我一眼。这个时候他要的是发泄，不是愈合。一会儿工夫，烟灰缸里便流满了深灰色的磨砂眼泪。眼睁睁看着林子眼泪顺着眼角不停地流下来，流在枕头上，被温暖的棉布吸收……再流下来，再被吸收……如是这般，枕头湿了大大的一片。毫不心疼。

朵格，你不要走。林子做出最后一次呼唤的姿态。那套天长地久的把戏真让人着迷。

我说林子别再说不顾一切都要在一起，那只是孤单包围寂寞无望的牺牲品。你把我的爱当狗屎，可我不能把自己当狗屎。长久以来，大部分时间被迫站在这个家，做出快乐的姿态。你编造着大段大段的谎言说爱我，那些爱情故事百转千回天花乱坠可好像跟我毫无关联。

牵着我手，跟着你走，走到最后遍布全身的伤口疼痛难忍。匍匐前进，坚定的目光被夺目的阳光深深吞噬，再也看不见出口。你看着伤痕累累的我问我是否幸福。你说幸福不是苍白而是夺目的繁花似锦。我在心里攥紧尖刀。怎么你浑蛋到屁眼和心脏总是在打架。你喋喋不休说着我们的爱情它不朽，为了让我相信这传说般的骗局，你一再掀起牵连神经的狂风暴雨。

在你之后林子，我终于知道什么是眼泪涟涟的骗人把戏。你还记得我们相识的那个晚上吗？

夜晚用冰冷摆弄着绝望的我。你说这个世界多么美好只是我不愿意走出门来看上一眼，我将信将疑，但终究还是被你牵着手走出了那道围墙。你让我爱上了最初的你。你的笑容完美有着说不出的动人。你在下着雪的冬夜将一袋柔软的面包递到我手上说人不能不懂爱惜自己。我龇牙咧嘴地笑。可那个笑容冻结在寒冬里，直到现在还没有融化。

林子闭上眼睛，摆摆手，终究还是收敛起过期的甜言蜜语，无话可说地最后道别。

亲爱的林子。我终于开口叫他亲爱的了。在我离开那个令人忧心忡忡的家之后。我将手指放空，冥冥中似乎又摸到了他的脸颊，潮湿温热，曲线优美。都说天使的美义无反顾，可谁又知道那绝美面孔后面隐藏的歹毒。

抚摸自己说算了算了，放肆的舞步难免会一不小心跌倒，这一切，与宽容无关。以低调的姿态对曾经的错误作出让步，纵身一跃，下一个转接点。

淡然笑笑，毫无造作的痕迹可寻。

散月二十七日 | 洛奇

走着每天重复走的那条长长的路。夜空晴朗。大片大片白色的云层繁华而茂密。深吸一口气。再吐出去。郁郁寡欢歇斯底里深恶痛绝猝不及防的恋爱猝死在了这片天空下。眼睛里再没有恶毒的泪水翻滚。梳理好柔软的头发，双手合十。手心沁出温暖潮湿的汗水。丢掉手中娇艳欲滴的鲜花和那个被叫做所谓爱情的玩意儿。故事结束，剧场落幕。我是唯一一个活下来的人。长久以来，第一次会心微笑。

看到洛奇，我开始喋喋不休。我说亲爱的，我讲故事你来听。我从小就爱做白日梦。我幻想我或者我的家人死了。想着想着我就哭得不能自持。我又幻想快乐无边，然后就傻傻地发笑，无论何时何地。小时候这样的表情经常被我妈看在眼里，所以少不了挨骂。因为她有可能正在数落我而我却在快乐地幻想她吃饭的时候会不会吃一颗鼻屎进去。但是最终我妈吃饭都没有吃进一颗鼻屎，倒是我被骂得满头狗屎。

洛奇坚持听我说完，然后眉开眼笑。我说：你看生活一直在继续，故事一直在重复。我还没有疲惫呵。我想着小时候的幻想，我变成了魔术女王。我是多么快乐，再没有什么是残败不堪的了，包括你洛奇。你的背影在我眼里不再孤单，因为你拥有了我。以后我天天跟你说话好吗？

无意间低下头。一双白皙的手指缠绕着。我抬起头看看洛奇。先前的眉开眼笑早已烟销云散。却分明挂着层层逼近的忧伤，突兀袭来。洛奇张张嘴，又闭上。嘴唇湿润，却发不出声音。朵格，我要走了，离开北京。

笑容定格在脸上，僵硬、萎缩。我说洛奇你别走，我才刚活过来你怎么能说走就走了呢。我大声说你要留在这里。很多人向这边看过来。洛奇说你不能这样喊叫。

但是最后洛奇还是走了。不想见面的人挥之不去。想见的朋友却终究抵不过离别。洛奇走后，那些暧昧的灯光下传来一些窃窃私语声。关于洛奇，大段大段有选择性的传言开始不胫而走，声声不息。我眼睁睁地看着人们举起刀子，在那白皙的皮肤上划上一道又一道深重的口子。皮肤裂开，血肉模糊。

那个传说中和洛奇有暧昧不明关系的女职员跳得老高，像只丑猴子。狠狠地甩甩头理直气壮说着诋毁的言语。空气里汹涌地流淌着毒素。狰狞面孔带着魔鬼的笑容在逼近。

心再一次被撕扯，麻木不仁漫天遍野地飞。这个地球是真的不会因为少了任何人而停止转动。如果说天要塌下来了，那墙灰会先掉下来，但是我没有看见墙灰掉下来，甚至连灰尘都没有看见一粒。不是没有，是我看不见，大家都看不见。人性模糊了眼神儿，模糊了整个世界。

从明天起，我以后不再来了。我对新的领班说。
理由呢？
洛奇走了，我便找不到留下来的理由了。

散月终结日 | 有一种爱叫残忍

腹中生命短暂。一瞬间就已经走到了活着的尽头。

肚子被掏空的时候，一下就觉得那只是一个空皮囊了。我用颤抖的手捧起那块颤巍巍的、白色又略有些透明的、好似果冻一般的小肉团。我把它捧在眼前，那上面有些不太分明的皱褶和相比之下妖艳绝伦的血丝。

我无力地蹲在地上，肚子空了，又好像被塞满了。我不记得我的眼泪是怎么流出来的，我也不记得我是不是难过。我总是在描述自己的眼泪，结果用光了所有的词汇。我不需要卑微的同情和怜悯。他们承诺太多可最终我还是一无所有。那些听上去冠冕堂皇的理由不过是苍白无力的借口。转身离开。不再相见。

这是个谋杀的季节。苍白的苜蓿、嘶哑的冷风迫不及待地将罪恶的手掌伸向华丽的尸体。咄咄逼人地撕裂着腐烂的伤口。猩红的血散发着人们熟悉的氨水味。没有人愿意回头再看一眼。宽容的神也无法饶恕这冰冷的谋杀。我是最初的也是最终的凶手。我的身体颤抖不已。一个叫星的男人抓住我的肩膀，要引领着我到某个地方——至少不是在凄凉的大街上。

我顶着狂风，皮肤被拍打得四分五裂。微微弯曲身体，以坚不可
摧的姿势抵抗着巨大的疼痛。星抱起狂躁的我往家里奔去。

屋里屋外。对于我来说都是一样。我捧着那个肉团坐在沙发上，
我还没有停止流泪。星说，朵格别这样，你会获得新的生活。我
想他说得对可我后悔自己吞下了那些菱形的小药片。后来我站起
来，找了一个干净的玻璃杯，我把那个肉团放在杯子里，倒上水。
那些皱褶展开了，无数触角一样的绒毛在水里摆动。血丝渐渐溶
化，水有些混浊。

我仰起头，将混浊的水和洁净的肉团一并吞下。那水没有我想象
的、特殊的血腥味——它什么味道都没有。喉咙似乎有些黏稠，
让我觉得那块肉团可能贴在我的喉咙上了。于是我又倒了满满一
杯水喝下去。还是同样的感觉，我想是我的感觉出了问题。星惊
慌失措地盯住我 5 秒或者更长些的时间。他开始咳嗽，并起身冲
到洗手池前。他出来的时候，双眼里有因为剧烈咳嗽而带出来的
眼泪。

你觉得恶心吗？我毫无表情地看着他。你吞下去了？我觉得恶心。

为什么？是我的孩子，应该回到我的肚子里。我想星体会不到我的巨大悲伤。那本来应该是一个漂漂亮亮的孩子，可是现在没有了。

我的肚子在我吞下那个肉团之后渐渐地停止了疼痛。我想着它又长回到我的身体里了堵住了向外喷血的伤口。

慢慢的，我想着那个我失去的孩子，渐渐地安静下来。微微抬起头，张开手臂。抱住站在我面前高大的星。他的目光柔和，一丝不苟地看着我。灯光闪烁，照得星的脸美轮美奂。那是张比林子更俊美的脸。嘴角上扬起一个绝美的弧度，算是无言的感激。一个眼神。又一个手势。终究没有无动于衷地将目光转移。

最终。我依旧倔犟地以决裂的姿势，把林子连同属于他的那个还未成形的婴儿一起踢出了我的身体和我的生活。拳头大小的心脏被撕扯得疼痛不堪，被撕扯得四分五裂地哭泣。我站在浴室明亮强烈的浴灯下看着镜子里的自己。冷漠、疲惫、毫无血色。恍惚中，身后站了一些人。安、学学、林子、老Z。都是我的男人又都与我无关。曾经的纠缠只不过是打湿嘴唇、蛊惑眼睛的性爱游戏。我端庄地一丝不挂地站在他们面前。他们看着我残破的身体，微笑。伸出手指，在每个人的脸上抚摸。不同的快感，没有温情。
如此简单而不动声色。

斯月

斯月，如斯的斯。

斯月初始日 | 我不尖叫

我是个病孩子。这次，又病了。有一种病叫精神分裂，不痛。

泪水顺着眼角，一滴一滴地坠下，是一滴一滴的，绝不连贯。像早已干涸的水龙头，用尽全身的力气要将饱含铁锈的、脏兮兮的水珠挤出自己的身体，倔犟地证明着自己还没有报废。

我穿梭在交错的街上，遗忘了钥匙，回不了家。街上的一切，充斥在我的眼中，无关人造，又皆属人造。此番伟大，归神。我说我喜欢在大街上晃悠，像个魂儿。我这么说没有人相信，没有人信。全世界都知道，我90%的时间都在睡觉——像死过去的人。

我没有宠物，即使我爱猫成疯。但我不能喂养它们，活着的最终都会死去，所以我希望自己是最先离去的一个。

这些日夜，无法掩饰的孤独。手掌始终冰冷，碰在热辣辣的脸上，冰火交加又绝不相容，像一个灵魂要带走正跳着苏格兰舞蹈的小孩。吃不下饭，饿得想哭的时候也吃不下，呕吐的次数远远高过进食的频率。我病了，连带着厌食一起。药盒被反反复复地掏空又填满，一如自己。我说如果空着，就让它一直空着；如果满着，就让它一直满着，这也算是神的慈悲了。然而在得失之间迂回往返，究竟算善待还是残忍？

神不知道，只有神不知道，他只是培养一个坚硬的器官，在一个个变化的日夜里渐渐地失去了任何知觉。

我拉着路上一个陌生男人的手说，我们一起去自杀吧。他说不好。
现在，就是现在。有人在吗？跟我一起说说话好吗？
是谁在说我越来越阴沉。
那只是我的头发分叉了而已，我需要一点时间修剪它们。

想要惊声尖叫，在无人的夜里。
我的小女孩，不要尖叫！我马上就来。
是谁在跟我说话？

我们都需要取暖，迫切的！
你是谁？

我不尖叫，这是我的最后一季。

斯月三日 | 小 K

我天生就是为男人而生的女人，男人们都为我这张失魂落魄又热情思考的脸着迷。我认为自己该开始约会了。我把底线降到了我能够接受的最低限度。只要他们说爱我，我就跟他们约会，我想。生活是个大预热场，在节目正式开始之前，我们总该想方设法把身体搞热。

小 K 是第一个说爱我并被允许跟我约会的男人。他在电话里说他爱我想和我约会，我说那好吧我在西单你必须马上来接我。小 K 赶来的时候我正在街头和一个女人打架。旁边围观了很多人，他挤进人群把我拦腰抱起驼了就走，像驼个麻袋。

小 K 把我扔进他的车里。发动机闷声闷气地响，像我的心脏，平静地在身体里上下乱蹿。小 K 问我想去哪里，我说你是怎么知道我就在那群人里面的？小 K 说，那一定是你，你总是在尽可能地制造麻烦。我说那太好了，我有飞镖一般的气质。

朵格。小 K 弯下身鼻子碰在我的脖子上，微微摩挲。我冰冷站立，绝不妥协。我说小 K，没有浓烈的爱情，情欲只是慰抚彼此寂寞身体的暧昧理由，即使相拥入梦，醒来后你还是你我也还是我，而那张床，依旧冰冷。

城市的夜晚有太多诱人堕落的气息，月光照射下的马路像一卷摊开的卫生纸，皱皱巴巴的。可是这个时候，我不想堕落。我说小K你看看天空，它的伟大在于它成就了黑暗，寂静荒凉默默无闻给你的心上压一层摸不着的小乌云。谁也别想摆脱它的纠缠。

小K努力瞪大眼睛盯着我，摆出一副他早已明了的姿态。

那张脸搞得我索然无味。

斯月四日 | 老 J

第二个和我约会的男人是某个文学出版社的主编老 J。很久以前他第一次见到我的时候眼里就冒出了血。我想他喜欢我，虽然我并不确定他心里是不是也同样向往着跟我做爱，但至少他喜欢我——以一种文化流氓的姿态喜欢着我。这么想着我的身体开始兴奋。一个文化流氓喜欢我也许他也喜欢我的身体，意淫我的身体和我的灵魂。他将以艺术之名让我成为他的玩具，他的理由会是我献身给了艺术。我想如果真是那样的话我其实是献身给了艺术流氓。

老 J 见到我先是礼貌性地捏了一下我的屁股以示亲昵之后，就紧紧拉着我的手坐在他的身边。

老 J 说朵格你是那种让人看见第一眼就会一直记住的女孩，我从见到你就一直记得你。我想我是爱上你了，你笑起来的样子像个妖精一样纠缠在我的眼前。

我是个不太擅长说话，无法用娇羞甜蜜的语言打动男人的女人。我讲很多故事，我把它们都写在纸上，但从不讲出来。我想，用嘴讲出来的故事最不动人了。故事讲多了我开始感到剧烈的头痛。后来我开始蹲着，再后来我蜷缩成一只猫的姿势。面对老 J 那张黑漆漆全是皱褶的脸，我竟不知道下一个故事应该如何讲下去。

有种感情与性有染，与爱无关。

斯月六日 | 格子

第三个和我约会的男人叫格子。我不确定他是不是爱我，但是他喜欢我，而我也喜欢他。格子没说过他爱我，可他说他爱上我曾经拍过的一张照片，说那是一片被钉死的世界。他比小K高级——这个想法让我感动。

可什么是世界？只是一个更大的牢笼而已，我们无法摆脱。被拴住了，就是一辈子。你能走得出去吗？能。不过等你走出去的时候，你就完蛋了。

格子说，那活着究竟为了什么？

为了活着或者死亡吧。我拍那张照片的时候，总是想着能离死更近一些，于是有人告诉我，如果你已经决定去死，你可以不必通知你身边的任何人。但你要好好地死，不要总是闹着去死，否则我会怀疑你的动机，究竟是要死，还是仅仅是让别人知道你想死。这个问题深刻，我不知道如何回答。

格子有个同性恋女友叫薄荷，格子说她爱女人比爱他多，他因此而异常沮丧。我觉得这性感得无以伦比。格子说他因为薄荷为他弹了两首钢琴曲而泪流满面。

我说没有一个男人听我弹琴哭过。只有一次，我在舞台上弹琴，林子听着听着就爱上我了，就要娶我。最后他得到了他想要的——那个时候他想要我。故事的开端听上去浪漫，但这只是爱情开始的模样。结尾？我就是故事结尾的模样。得到了就不会再珍惜了，得不到的都美。

格子说林子已经是过去了。那么未来呢？未来是什么？谁能保证未来和过去不是同一个世界？我们真正走出过这个世界吗？生活太疲惫，世界太复杂，我们不会得到答案，直到死的一刻，一切归零。

我们都不要做接受或者施舍的人。

斯月八日 | 情人

告别格子，我穿梭酒吧，希望能在拥挤的人群里邂逅几张让我兴奋的中国男人的脸。我需要一个安全的情人，或者更多。后来我发现这个人只能是星——他有暧昧的天分。

我挺想和星约会，但是他不约我。星有时候让我着迷，他盯着我的眼里赤裸一片，我很难让自己把目光从他的脸上挪开。他的脸光滑，线条凸显，头发松软服帖地盖在前额上。他的头发真美，我总能闻到他头发里飘来的淡淡清香。

站在星面前，我有点儿不知所措。我抬头仰视他，他比我高太多。星轻轻摸我的头，说朵格你是只傻傻的小猫。星摸我头的时候，我忽然觉得那是一次洗礼。

朵格，我们可以偷情，这是个多么暧昧的世界。

星，我们不用偷情，我现在一个人，让我做你的情人。情人是找出来的，我找到了你。

朵格，我们是情人了。"情人"这个词从星的嘴里流出来的时候，我产生了莫名其妙的亢奋。我相信它将成为我兴奋的源头，如影随形。我待在星的家里，听音乐、聊天、看电影，然后上床。离开林子之后，我只跟星做爱。我是个无法缺少男人的女人，离开男人，身体开始发冷，心里也是。床不温暖，我睡不着。我其实喜欢更直接的一种方式。比方我对一个男人说我们只是为了性睡在一起。一个男人对我说你不用爱我，我们是朋友。但星可以左右我，他有左右我的力量。

星只有在最兴奋的时刻才会对我说朵格我爱你，我想星也会在这样的时刻对别的女人这么说。男人都一样，在这个时刻说"我爱你"的机率高于平时任何场合，虽然我绝对相信那一刻他们是真心的，但心里仍旧冷冷的——是我的感觉伤害了我。

星，如果你只是我一个人的，那事情会不会往其他的方向发展？

朵格，这不符合情人的标准，我们是最佳的即兴组合。

但是为什么不行呢？恋爱对我来说是一种重生，它能帮我唤回生活里的全部温情。这样不好吗？

好，但是朵格那是你，而我不想，对这个冷漠的世界敞开动人的心扉看上去是件无比愚蠢的事情。

唔，星，有一种男人天生就是女人的男人，你似乎就是这种人。我完全相信我是迷失了。那一刻我需要这种男人——可以控制一切的男人。这样我就有理由把我的全部交给他，由他来掌管。心甘情愿受控，心甘情愿做他的情人。我想我再也找不到像星这样好的情人了。他完美的脸、冰凉的心、坚硬的器官，所有一切对我来说，都将是超乎寻常的完美。我在他张扬的黑发里意乱情迷，在他赤裸的眼神里意乱情迷，在他金色的青春里意乱情迷，在他冷漠的话语中意乱情迷，在他激动的情欲里意乱情迷。

我的意乱情迷，它不朽。

斯月九日 | 果子

一个叫果子的女人敲我的门。我听说过这女人，她和她组织的那些发泄低糜、阴暗情绪的聚会一样有名。听说那个聚会总是有很多美丽的脸蛋漂亮的大腿迷人的胸脯，暧昧的药丸从一个人手里传给另一个。我不清高，我也糜烂，但是我不想把这当做一种氛围来享受。当迷失变成一种氛围的时候，人就已经变了质。这个女人找上我没什么好事，但我还不知道我有什么地方吸引了她的注意。

你是朵格？我喜欢你的文字和你那张永远湿淋淋的小脸。果子假装很老道地用手抬起我的下巴。我盯着她，她的开场白力度不够。她也许更适合告诉我北京的夜晚哪里雄性荷尔蒙的味道更加浓烈而纯正。

我们并排在我房间的地上坐下。我想她不是我的客人我没必要招待她。跟你打听个人。果子说，叫星，我是他女朋友。你们是什么关系？星对我很好，但是我不能确定他是不是只爱我一个人，我想也许你知道答案。

我想这才是果子来找我的真正原因，但这样愚蠢的问题使得我无法把她和那些名声在外的肮脏聚会联系起来。这个女人没有传说中的那么聪明，我想。我说果子你挺美的，你的敏感能不能稍微有一点创造性，你那个绝对出名的聚会里不缺男人，你的破坏性怎么能说变就变。

果子说星要和她结婚，星说为了去找她前天出门时不小心摔断了腿。可我明明昨天还见到星，他有两条腿，一条都没断。我发现这个男人撒了太多的谎，但我没告诉果子。我也没有告诉她星是我的情人——他是最好的情人。她没有资格知道，我没必要说。

后来果子走了。后来果子和星的电话交替打过来。我说星，你被众人拥抱，或深情，或潦草。她们都爱你，但你爱谁？

朵格，我爱你。

星，那应该是在你最兴奋的时候说出来的话，不是现在。现在的你，多么冷静。你为什么不咆哮？

说真的，朵格，我生气了。我讨厌被盘问、被调查，尤其是被果子这种女人。

果子她其实挺迷人的，可你怎么就不喜欢她呢？你不喜欢她可你又说你要娶她。她的膝盖真美。你不爱她，星。眼泪和口水搅和在一起就是爱？你们都疯了，而我还清醒。我不说你是我男朋友，你只是我的情人。为了温暖的怜悯，星，我们可以只做爱。而我对你的爱就是我嚣张地、无休止地在你面前扭动我的屁股，燃烧我所有的气味，让你在这个时刻告诉我你爱我。每个人都应该最相信自己的身体所散发出的能量。青春是一个傻瓜，青春不需要过多的理解，青春是扭动的身体和张狂的灵魂。所以星，原谅她吧，她只是固执地认为青春是个多么聪慧的女子——如她般聪慧。她只是固执地想爱你。她只是固执地认为你是爱她的。

星说你看懂太多事情了，但我们的聊天内容里最好只出现我们两个人。

我只是看不懂我自己。我是马戏团里汗泪交加的小丑，是发霉的墙壁上带着游魂的画，是高速公路被撞死的飞蛾，是嫦娥娘娘身边捣蒜的兔子，是城市里四处飘荡的鬼魂。我是纯洁的天真的善良的诱惑的透明的——我是下贱的！我是一个纯洁的贱人，我美丽妖娆浓妆素裹，我是男人的我是你的。

星说贱人没有纯洁的，纯洁代表太多美好，你把这个词玷污了。贱人倒是挺适合你的，为了庆祝这种认同感你该对我微笑。

我说怎么没有呢，我就是这种极端和固执的完美结合。我从不认为纯洁代表的都是美好，如果一个东西黑得歇斯底里完完全全，我会认为它黑得很纯洁。我所理解的"纯洁"只是任何一种方式的纯粹性而已。谢谢你的认同感，可你跟我一样贱，否则就无法建立起你所谓的认同感，因为你喜欢我。曾经有一个朋友告诉我，"对自己好点就是最实际最贱的追求"。说得挺有道理——要知道说一句名言不是那么容易的事情，可我就是做不到。我也贱，不是贱着对自己好，而是贱着糟践自个儿。我在身体因内心的痛苦而极度颤抖的时候，会以伤害肉体的方式达到心理上的某种快感和释放，这可能就是自虐。肉体上的疼痛会让我感受到一种心理的极度亢奋，而这种亢奋则会促使我忘记一时的心烦意乱达到某种意淫的快感。再之后，我只能拖着残破的身体对自己摇尾乞怜。

你是个自恋的女人，朵格。星说，但如果你不自恋你就永远不会弄明白贱是怎么一回事。我说自恋有错吗？这个世界上没有谁会比自己更爱自己。

那么你对我的感情呢，朵格，究竟是什么？

我想想。完美的身体还是那个叫浴缸的玩意儿？！哦，星，你泡在浴缸里。你多美！你几乎让我认为我是爱你的了。

斯月十二日 |620

坐在地上等星的电话，最后等来的却是 620 的。她只有在需要倾诉的时候才找我。这样挺好，至少对她来说我还是有用的。620 说她又爱上了已婚男人，她说"又"，我以为离开晓她一切就都已经结束了。我说 620 你很焦躁但还是有理智的。

几年前 620 还是小姑娘的时候，爱上晓。晓结婚了，拖着老婆和一个 5 岁大的小男孩。晓不回家只跟 620 住。他们在租来的房子里生活看上去挺像个家。晓说他爱 620，但给不了她生活。我说那不是爱，是晓自私地一定要留下她。

晓偶尔回家给老婆孩子留下些钱，就再回到他跟 620 的家。每到那个时候，620 疯狂地砸碎家里能砸的东西，歇斯底里发泄她的撕心裂肺。她总是唠叨着说她希望那个男人只是她一个人的，就像她之于他是唯一的一样。可是他做不到，620 可没有能力让他做到。她冲他暴跳如雷，直到他开始怕她、躲她，才发现根本就无法挽回了。后来 620 烧掉墙上他们曾经一起拍的照片和她一笔一画地写出的一万个"我爱你"。这把火烧了她全部的希望和爱，也差点儿把她烧死。她醒来以后总是痴痴地说着"炽热"。我记得她重复这个词很多很多次。再后来她咬咬牙发誓她说不会让自己再爱上已婚男人。这一次前车之鉴让她很理性地克制了自己的思维但克制不住感情。曾经的血一滴滴地滴在心里，敲得她的骨头好生疼痛，一如警钟。

620 说这次这个男人跟她不在同一个城市，所以她连跟他做爱的机会都没有。我说那样不是更好吗？等你又要烧房子的时候该怎么挽回？我的理智比你多，我只出走不烧房子。但是 620 你究竟在爱他什么？

她说她爱他的思想、他的音乐和他跟她说的每一句话，她说她只想做听众，听他说一些稀奇古怪的她不知道的事。她说朵格我也爱他的妻子——那个与我拥有同样志向、同样话题的女人，可我没机会认识她。当我收到他背着他老婆发来的消息时，我就轻轻地笑，我不说话，只是笑。他说他爱我，我相信是真的。

至少他不是在最兴奋的时候才跟你说他爱你，我亲爱的宝贝。

朵格，我爱他但我很少说我爱他。这样的话说多了就不值钱了。我们是一年多前认识的，后来我们失散了一年，后来我又找到了他。我总觉得我们是有缘的。

这些都是人说出来的。什么是缘？聚的时候就是有缘，散的时候就是缘尽？人总要给找个说词，给自己也给别人。

朵格，他是个骄傲的男人，他的自大源于他的才华。可是我爱疯了他的才华，我甚至把自己的才华统统收敛起来，装得像个白痴。可能在他的眼里我本身就很白痴。我只是在变相地告诉他我有多么崇拜他，有多爱他。爱是不能说出口的，一说就碎了。我不想它碎掉，我想用自己的方式爱他。

620，你着魔了。你说了这么多都是你的爱。那他呢？跟他有什么关系？爱本来就是一个人的事。

朵格，他很霸道，我告诉他不要触及我的伤口，因为一碰就流血，我忍受不住这种疼。他偏不，他就要唤我那个曾经已经当垃圾连带自己的灵魂一起扔掉的名字。他说是他的专利。没有人这样唤我，你知道的。可是每唤一声我都感觉以前那个自己在不停地入侵到体内，这让我无处躲也无处逃。他让我回忆起我的中学、大学、家庭和所有我不愿意去想的事情。他总是那么直言不讳地问我。他明明知道这些对于我来说都是刀，会穿透了我的，可他还是要说，让我无处躲藏。

回看血泪相和流。

究竟是谁在制造悲伤？你、他，还是你们的故事？朵格终究有一天我们会分离，像我跟晓一样。

你们是烟花。我们大家都是。只会散不会谢。所以你还有机会，不是跟他就是跟别人。你真的认为有那么大的不一样吗？

620没说话，她不会妥协。她爱他，自尊都委在尘里，化烟化灰。我用沉默做了篱笆，让她无顾虑地爱。也许她是对的，她只是想爱他而已。

———

斯月十六日 | 藏猫猫

星终于来了，带着一身阳光的味道。朵格，这张盘送你，《一条安德鲁的狗》，你不是喜欢达利吗？

谢天谢地，星，你还记得我喜欢达利。我们来做个游戏，名字叫藏猫猫。
朵格，你不要这么弱智。
星，陪我一起吧，求你。

我开始乐此不疲地把自己掩藏，星疲惫地寻找着我。周而复始，我不说话，星不说话。我微笑，星眉头紧皱。星，你有些憔悴，你看看镜中的自己。星说，朵格，你能不要再玩这种幼稚的游戏了吗？

我发现自己嘴唇干裂，嘴角边的微笑渐渐枯萎。这场游戏，陷入困境。我以为对星施了魔法，却发现最终蛊惑了自己。我摧毁了自己，星沾沾自喜。黑色的猫儿走失，留下残余的体温。小偷偷走了盔甲，剩下涂炭的战场。剧院散场，我摘下丑陋的面具。我们是谁不再重要。

星，我们一起看《弓》好吗？那个女子，美得晕眩。星盯着我的眼睛。

那张纯洁得似乎只有三岁的明媚脸庞让我无处可逃。

我留星跟我一起睡。星不肯，急着要走，我不留。

我躺在床上，慢慢地在枕头下摸索。一条项链、一只手机、电视遥控器。我想摸到些什么？我不知道。周末不太容易过。我醒醒睡睡，额头渐渐渗出零星的汗珠。凌乱的长发缠绕着身体，越缠越紧。

我坐起来，打开电脑，电脑发出细微的吱吱声，在夜里听得分明。慢慢的，我开始适应了这种光线，身边的物品也跟着变得清晰起来。房间空空荡荡，我告诉自己不要害怕。上网——社区、MSN、QQ 一片冷清，没有人在。这群周末会走路的生殖器！

斯月十九日 | 薄荷

薄荷来找我，这出乎我的意料，如同果子的到来一样猝不及防。但我招待了她，我想同性恋的薄荷站在我面前我觉得她迷人死了。薄荷戴着让人惊心动魄的深蓝色假发，大大的墨镜几乎将她那张精致小巧的脸全部遮住，但我还是能看出那是一张非常美丽的脸。后来薄荷摘了墨镜，她化很浓的妆，各色粉末搽得满脸都是。薄荷很瘦，穿黑色闪着亮片的吊带装和一条宽大的长裙，映得皮肤有些苍白。她有种病态的美我想。

我说薄荷你是怎么找到我的，我跟格子没什么关系，只是朋友而已。薄荷说她找我跟格子无关，她甚至不知道我认识格子，只是太多人说过我美貌引发了她的好奇。我招待薄荷坐在我床边的地毯上。我不允许任何人接触我的床——我总有怪异的洁癖。

薄荷说，朵格你果然很美，美得很朦胧。一直以来我都以为漂亮女人的美是细节的。你不一样，你美得让我说不出你美在哪里。

我说薄荷你来找我只是要欣赏我的美？薄荷边说是边像男人一样把我搂进怀里。这个意乱情迷的动作让我立即陷入到一种眩晕当中。我忽然分不清薄荷究竟是女人还是男人。一股隐讳的若有若无的香味从我的鼻孔一直流进去。

我盯着薄荷一张一合的唇。她的嘴唇非常软，说话的时候给我带来很多幻想。我说哦，薄荷，你是魔鬼。你的天花乱坠让人万劫不复。你怎么能同时爱着女人又爱男人？那你的身体呢？它是属于谁的？薄荷捧起我的脸轻轻抚摸我的嘴然后吻下去。一股温热的液体顺着我的腿向下流。

迷人的朵格，从今以后你是我的。薄荷说完开始吻我的腿，她顺着我颤抖的腿舔蚀那些从我身体里流出的黏稠液体。我想我要跟我哥们的女人做爱了。可这是个多令人兴奋的时刻！薄荷她做女人的男人比做男人的女人更性感！

薄荷脱了我的衣服也脱了自己的衣服。她太瘦，皮肤惨白。我把一只颤抖的手放在她那不太大但很有弹性的乳房上，另一只却不自觉地伸向了她的双腿之间。她是我第一个触摸的除了我自己之外的其他女人的身体。那个身体剧烈地发抖，和我的一样发抖。我把薄荷拉到床上，这是我第一次让人躺在我的床上。薄荷的嗓子里发出浓厚的小野猫一样的低吼，像在呻吟，又超乎呻吟之外……

我光着身体躺在薄荷怀里，枕着她的乳房。我说薄荷你的身体比任何一个男人的都温暖，我是多么爱它。薄荷紧搂着我，点燃一根烟并不说话。我忽然感觉到一种从未有过的陌生——薄荷和星！他们是多么出人意料的相像！

后来薄荷穿上衣服走了。薄荷走的时候我还瘫在床上不想起来。薄荷只是低低地说了一声我走了，就消失在我家，同她出现时一样突如其来。

后来我再也没见过薄荷。也再没有女人亲吻我的身体。

斯月二十一日 | 高潮出自身体还是脑子

星每次造访和离开我家的速度、来找我的原因都只能让我用匪夷
所思来形容。

起初星说他小时候溺水，但是没有死。后来他唱歌，他总是唱些
我根本听不懂歌词的歌。然后他说他从小在澳洲长大，英文说得
比中文好，虽然我从未听他说过任何一句英文，但我想这个男人
他比我先进。突然他闭上了嘴，一动不动地坐在地上看我在床上
跳来跳去像一只兔子。星问我是否知道他刚刚都说了什么。我说
星我是一只兔子，我想吃胡萝卜。星说朵格你现在不要跳，你想
要什么我都可以给你。我跳着说星我想要个男朋友。星说只有小
女孩才想要男朋友，女人都想要别的。我说我只想要男朋友。星
说那你去找一个回来当胡萝卜吧。

我一手拎着裙子，一手掐腰站在床上，一时间竟不知道该说什么
了。星看我终于安静下来了，就把我拉到身边坐着看《逃之夭夭》。
我们像两颗珍珠一样发光。时间忽然空洞了。我们无话可说，我
们都有惹是生非的气质。我把玩着裙子上叮叮当当、零零碎碎、
浮躁的、天花乱坠的挂件，我总是喜欢穿这样琐碎的衣服，这让
我看上去像个皇后。星说你别碰它，否则它们也会发出永无止境
的烦人的响声，除非你把这身衣服脱掉。

我说我可以换其他的衣服，但是没什么区别，这些是我的玩具，我还不想扔掉它们。

朵格，你害怕寂寞。星说。
这和害怕无关，我只是空虚，我想给自己一个机会。给我一个机会，我会让一切变得完美无瑕。我原地飞速旋转，裙摆像荷叶摊开。
说点儿别的吧，朵格，你对我不好。我想他这次冲到我家的主要话题，是责备我对他的态度过于冷淡和不够关心。
你又不是宠物，一定要乞求别人对你好。我不对你好也不对别人好，这很公平，因为没有人对我好。
但是你应该对我好。

为什么？因为我欠你的或者是我他妈的一不小心生了你？你不知道你身边那些女人总是找我的麻烦吗？她们是果子的同谋，她们总是告诉我：我比你更爱星！哦，我的上帝，我什么时候说过我爱你？！我曾经觉得果子可怜，现在我发现可怜的人其实是我。我对病态总是给予太多的宽容和厚爱。你那些傻逼女朋友们，你应该先要求她们别再来骚扰我，再要求我对你好。为什么她们不去找彼此的麻烦，偏偏找上我这个局外人？要知道现实意义上的争斗其实是她们自己！

你是局外人吗？

是！很显然我不够爱你。聪明的女人会在这个时候把自己择出去，择得干干净净。星，你喜欢天下因为你而大乱，但是对不起，让她们彼此高歌又欢呼叫骂去吧，我没兴趣。

高潮究竟是出自身体还是脑子？星问我。

虽然你引用了别人说的话，但我还是会回答你：我不知道，星。和你在一起我的身体和脑子里都没有，你应该去问一个从你这里得到高潮的女人。

但那不是我。

斯月二十四日 | 那张被雨淋湿的脸

三天后星站在我门口的时候头发正滴滴答答往下流着水。我说星你可真奇怪，没跟我打招呼就来了，如果屋里还有别的男人我就必须请你离开。

星坐在我家的地板上，头发继续往下滴水。我说星你看我的眼神有点迷幻，你究竟找我有什么事？

星说他接了个给古装电视剧片尾曲写歌词的活儿，可他一点儿都不会写。我说你既然不会写为什么要接，你找我也没有用，我不会写，也不会帮你写。星说朵格你会的，只有你才能帮我写出它。

我开始发呆。星热切的眼神像慷慨地给了我一张通往未来的车票，而我清楚地知道它的有效期将终止在我把写完的歌词递到星手上的那一刻。我洞穿着自己神经末梢的惶恐，突然瑟瑟发抖，一阵眩晕，那是一片幻想的沼泽。烟头着完了，烧了我的手。大口喘着气，猛地想起了什么似的。我说星你还是自己写吧，我不能帮你，也帮不了你。我们的关系不应该像现在这么复杂。你几天前从这里走出去的时候不像这次来这么抬不起头。我们都要更"职业"一些，我们给予彼此的恩惠还没到这个程度，而且你不能剽窃我的思想。它在闪闪发光，它独立在全部感情之外，所以你要自己处理你招惹来的麻烦。

星说朵格你必须先停下来喘口气，你是爱我的。

我说，我从来都不爱你，在这种发疯似的生活中，我不确定爱情的含义。没有不舍，只有歹毒的快感。如果你非要让我承认，那我只好说我爱你爱得像雕塑，冰冷而没有感情。至于你的什么狗屁歌词，去他妈的，你还是得自己写。

星的眼神慢慢变得陌生。他的头发还在滴着水。他带着一张像被雨淋湿的脸。他不再看我。

斯月二十七日 | 安眠药

星消失以后，我开始失眠，开始服食大量的安神、镇定、辅助睡眠的药物。这个城市到处都能够买到各种各样的安眠药，除了安定。后来我继续失眠，后来安眠药对我来说变得像糖豆一样。

我不再和任何一个男人约会，我发现男人像安眠药，时间一久药力也就跟着丧失了。而我，依旧是那个顽强的失眠者。我得了一种很抑郁的病。我总是看到一个黑色的、巨大的洞就在我的眼前，等待我随时跳下去。我流着汗又流着泪，看着那个洞，我坚持着不肯跳下去。

我在星告诉我要跟我分手时开始笑。最初是小声的，后来我夸张地大笑，再后来我笑得躺在地上打滚。笑着笑着我忽然觉得这个世界有时候其实挺可爱的。我说星，我们好过吗？我们只是情人，情人不牵手也不用分手。我现在觉得你的脸像一张凌乱的、从来不洗的床单，上面什么都有，就是不干净。你跟很多女人做爱，你脸上留着各种女人的体液，你像个垃圾桶。那晚果子从我家离开后，当我发现躺在你的床上你依旧能够给我奇妙的感觉甚至更强烈的时候我就已经知道，我们的关系仅仅是不必负责、不必流泪的那一种而已。

我有一双红色的高跟鞋，幻想身体的触摸。穿在脚上跳跳舞，再脱下来；穿在脚上走一小段路，再脱下来；穿在脚上走长一些的路，再脱下来；穿在脚上卖命地奔走，再也脱不下来。

如果生活里从没有从天而降的幸福只有理所应当的疼痛的时候，人就会像我这样，用卖命的奔走来寻找一个抓紧幸福的机会。

斯月二十八日 | A ce soir

天空阴郁又灰暗。天空它伟大，总能把人笼罩在它的情绪之下，
罩个密不透风。我懒散在家里，一个字都写不出来。无聊时我不
停看 DVD，都是以前看了很多遍的，看完就开始拼命流泪。慢
慢地我开始回忆从我身边走过的每一个人。他们好像都精彩得无
以伦比，他们的精彩都与我无关。城市醒来的时候，他们一起睡去，
只有我醒着，醒着。

这扇灵魂的窗户啊，忽然变得如此认真。我从不说难过，可我抱
怨自己不快乐。我对自己的要求越来越技术化，我爱上自己裸露
而且淋湿的样子。我并不自恋，可多爱自己一点儿会冲淡很多悲伤。

人总能找到些许与众不同的哀春悲秋的理由，荒唐且措手不及。
没有什么是值得被复制的，包括借口。忽然发现，有些事情无论
如何都不在自己的掌控当中。写一些文字，在死后留给自己回味。
然而纪念不是祭奠，终究我还是没有逃脱追悔的命运。迷恋是一
种吞噬，在燃烧后化为灰烬。为了温柔的怜悯，把无限的真理隐
藏在身体里。可什么才是真理？青春是干燥的，而这种东西我早
就没有了。

最终，我还是善良的。那些被恶梦、蹂躏引起的躁动，融入我善

良的身体，一并出卖给那个叫"命运"的东西。

该安静地等待吧。我开始吃减肥药，我把药片放在嘴里，生吞下去。
我并没有因此而特别消瘦，我也没再胖。我睡在粉碎里，死去的
是我的美丽。全世界都是诗人。我再也不怕有什么人来恐吓我的
灵魂，我等待神的召唤。

这样待到我快要死去的时候电话终于响了。是满打来的，约我去
电影资料馆看电影。满是个有名的设计师，我工作中的合作伙伴。
满说他也为电影资料馆工作，为那里的一些大型活动设计海报、
宣传册等。

我跟着满走进资料馆看了一部法国电影 *A ce soir*（《晚上见》）。是
说一名叫奈丽的护士——小镇医生的妻子，每天早上奔走于各个
病人的家里。有一天早上出门前跟丈夫说"晚上见"，晚上回来
却发现丈夫已经死了。这个家庭随着奈丽拒绝下葬丈夫而变得鸡
飞狗跳起来。孩子们不停地叫喊奔跑，电话不断，医院、殡仪馆
工作人员络绎不绝。面对一具尸体、一连串关心、一目狼藉和一
片叫喊，奈丽开始崩溃并选择自杀。孩子们在棺材板上画满了画，
孩子们还用钻在棺材上掏个窟窿，将一端栓着轻气球的纸条塞进

棺材。于是黑夜里就有一个美丽的棺材和一个黄色的气球遥相呼应。一个挂在天上，一个坠在地上，被一根线牵连着。

我在放映中途冲出去，站在无人的洗手间里大口地吸着香烟，像一个瘾君子。因为讨厌繁琐的电影，繁琐得让我心浮气燥。我爱看简单干净的电影。简单的东西纯粹，纯粹的苍白和无力就是最有力的影像。

我后来听满给我讲电影，这让满看上去很美。我盯着满的长发出神，我想他真迷人。在我的印象里，能让我眼都不眨一下听他讲话的男人都迷人。然而这样的男人太少，男人通常喜欢肢体语言多过说话。满说今天太晚了，有机会请你去我家坐。我想一点儿都不晚。满后来帮我拦了出租车送我回家。他不知道我想跟他多待会儿。我想这是个秘密，我不能让满知道。

夏天走了，夏天彻底走了。夏天走了，我又该把自己关起来了。我不太想把自己关起来，我还想再见到迷人的满——不在会议室里的那张脸。

坐在沙发上，踢掉鞋。我赤脚踩在地上，凉凉的。半闭着眼睛想满，那袭长发又在飘。

关上灯的时候，感觉屋顶一下就爆裂了，星星从天上掉下来砸在心上。我忽闪着睫毛认为，在我清醒的时候想的事情，是一辈子都无法实现的。直到现在我都不清楚，我他妈的究竟是为了男人在失控，还是我身边的男人本身就是失控的？！

斯月终结日 | 满

天气真难受。后来的几天，我一直在想满那一头飘飘扬扬的长发。那天午夜电影散场后他就消失了。我记得他说你可以来我家坐坐。哦，不，今天太晚了，改天再请你来比较正式，或者你想什么时候来给我打电话。可令我沮丧的是，他到现在还没有正式邀请我去他家里坐坐。

我光着身体坐在地板上，《阿莱城的姑娘》在唱机里飞速旋转。心底到处是颓败的荒芜，苍白大片大片地枯萎。藏好固执的伤口，以索取的姿势义无反顾，即使幸福是场幻灭。

慢慢打开电脑。看见满在。我说满你什么时候请我去你家坐坐？满说他这两天太忙，把约我的事儿给忘了。

我说今天中秋节你怎么过？我要去筒子河走走，你来吗？他说可能约朋友吃饭，也可能什么都不做。如果他不约人就去找我，那个地方他很多年没去过了，以前都是骑车去的，车后面坐个姑娘。他先找地方把车停好，再隔着衣服在姑娘身上轻轻摸索。

好，那我等你。我满怀希望奔向筒子河，好像那里有我的一个梦。

满没来。我在月亮最圆的时候做了一个梦。

未来在搜索，每一刻都是崭新的。

臆月

臆月，臆想的臆。

臆月初始日 | Chanson De Toile

我倔犟地睁着眼睛，两天不肯闭上。我不停跟满说话。我说满我可以不睡觉，但是不能不听你说话，我是多么喜欢你。这听上去像个笑话，我又开始蠢蠢欲动地有爱意了。我的身体迅速地接受着一个男人的讯息，我说这表明我需要这个男人。这话说出口的时候，带着臆想，羞涩又坚决。

满说他也喜欢我。满不停地笑。

我说满你不要笑，我爱你了，你也要爱我。

我坐在地上，电话扔在旁边。我开始胡言乱语。*Chanson De Toile* 循环播放，Emilie Simon 柔软的歌声。这音乐让我觉得我终于离开了这个肮脏的世界。编织帆布，承载歌声。全身都湿透了，我变成了另外一个朵格或者另外一个人，又或者我将英年早逝，快速变成一具漂亮的尸体。幸福和死亡的感觉在这一刻变得如此相似，那好比我被父亲打出血时，浓烈的血争先恐后涌出我的血管时那眦裂的快感。

我的满，他在哪里，他的声音在千里之外。

我一件件地剥掉衣服，最后只剩赤裸裸的自己，皮肤接触着柔软的床单，我试图让自己安静下来。Chanson De Toile。我慢慢进入梦里。每一次恋爱都是一样的，只有载体不同。现在，我成功地让满爱上了我的最初，他的表现让我十分感动。

臆月四日 | 刀片女子

几天后，满把我接去他家。我说满我敏感但不够智慧，叛逆但不够坚强，放荡但不够潇洒。我应该改变，我要变成一只小兔子，小兔子蹦蹦跳跳，小兔子可爱又乖巧。

满说，朵格，那就不是你了。你不要改变，为谁都不能变。我喜欢你是你自己的样子，我看着就心满意足了。满有诗人气质，闪电般给了我爱的理由。

我说满，从出生起，就没有人问过我想要什么了。后来，我成了一个与众不同的女孩。那是前所未有的、一个全新的境界。我穿上衣服，点上蜡烛，燃烧整个世界，一切都在我的炽热里鸡飞狗跳，而我却越来越干燥。我变成了个刀片儿似的女子。但是我感谢我的父母，他们在我变干燥之后就再也没说过我是个没救了的孩子，他们只是说，我迷路了。很久以后，满，你说这样的话，我要哭了，我的灵魂也跟着哭。

我说，满，你才是我的第一个男人，是我最爱的男人。我们的爱情才是真正的爱情，过去的那些多么虚情假意。我的灵魂说，这话说得像一张白纸，爱本来就不需要承诺。我说满，我长大了。长到现在我忽然明白了一个真理，就是我居然拥有了你，我还有你！但是满，你知道吗？真理像音乐一样，需要不断重复来加深最初的印象。这让我多兴奋！我要爱你到底，你不在的时候我就按照你原有的轨道往下滑，直到你把我接住。

我在满的眼里看见了自己。这个世界开始变得喜气洋洋起来。满说，朵格，你已经是只天真的小兔子了。

臘月九日│撒玛丽女孩

满在说完他"喜欢我就是我"的第二天，把我送回了家。之后的几天，都没来找过我。我开始忧心忡忡。我不知道自己究竟在害怕什么，心里的那种恐慌战胜了所有恋爱的愉悦。我是什么时候开始得了被害妄想症的？不得而知。头一直痛得要裂开，幻想着这是打算戒掉烟草带来的不适，后来发现并非如此。满不会一直陪在我身边，我的脑子凌乱又炽热。想着满说过，寻欢应该是一个循序渐进的过程。我想痞子要是粘了点儿文化味，那事情就不那么好办了。谁是毒药，谁又是宝贝？有人偷，有人抢；有人恐惧，有人怜；有人把安全留给明天。可你看那硝烟四起的战场呵，我怎么都觉得自己像一个摆出优美姿态投降的逃兵。真的，我美极了！悲痛欲绝、茫然无措、毫不知情。我恐惧着、战栗着咬破自己的手指，那暴烈的天真带着一种安慰的力量令我眩晕。

一个人在家里看《撒玛丽女孩》。在那个做援交的女孩跳楼之后，我就哭。我想着她从窗户边飞出去的表情可真美，瞬间就变成了天使。她爱的男人——嫖了她的男人来看她最后一眼，他来看看这个天使。天使死了，翅膀摔在地上，碎了一地。我想这个天使比我勇敢，她没把浓烈的烟吸进肺里也能从窗户里飞出去——她比我更有资格成为天使。她飞出去之后，在梦里环绕了整个地球。

臆月十日 | 装腔作势的幸福

满忽然打电话给我。并不解释这几天他去了哪里，只是说，这个时候的他，觉得自己很幸福。满说，朵格，你抬头看窗外，星星多么明亮。星光灿烂，可我怎么无论如何都感觉不到温情，满通过电话传过来的"幸福"怎么都无法从我冰冷的脸上流到心脏里去。

我毫无温度地说着幸福，一脸木然。亲爱的，请原谅我的不够勇敢，要知道彼此正常的问候是如此令人低落。我张望天空，空气里搅和着香草的味道，不那么分明。

620说，单身也是一种生活，朵格。我喜欢站在镜子前的自己。我带上隐形眼镜观察自己，我善良、自由，我还有青春。我其实拥有很多东西，我觉得自己异常的干净。

可你就是没有爱情。我没有爱情的时候，会忘记早上的阳光有多么美好。我总是扭动着身体躺在床上，我把被子和身体扭在一起。醒了就躺在床上拨通电话，听听别人向我问好的声音，再睡去。如果仍旧感到忧伤，索性还是躲起来变沉默的好。

爱情不是生活的全部，朵格。尘归尘，土归土，谁离了谁都照样生活。

可我爱自己在爱情里的模样，我爱哭泣时面对的这个肮脏透顶、歇斯底里的世界，我爱爱情对不起我的地方。

提到爱情，我有疯狂的想法，我想把满的名字纹在皮肤上。这有点儿不切实际，但我却激动了很久。满说，朵格你太疯狂。我说满，我的爱是讲感觉的，我要馈赠一些礼物给你做回报，你让我多么"幸福"。

臈月十一日 | 看，这个猫般女人

第二天，满又一次把我带回家，说要开个PARTY，向他的朋友宣布，他身边多了我这个猫一样的女人。满把我像战利品一样的炫耀，却同时忘记了我的存在。满的朋友说这是一个狂欢夜，我远远地躲在角落里看着。我害怕狂欢，它有不祥的兆头。灯光闪烁着照在每个人脸上，他们的脸上都有像吸食了毒品后才有的那种快感。我看着他们举着酒杯，把纸牌贴在脑门儿上。他们频频举杯。他们出越来越多的汗，纸牌贴得越来越紧。他们是来庆祝满家多了一个猫般的女人的。没有人找这个猫般的女人，他们更像是来喝酒的。我的爱情了听到了隐约撕裂的声音。

后来，送走了满的朋友们，我慢慢从一个角落挪到满家那张躺下去整个人就深陷在里面的沙发上。陷进去就不想起来。满走过来与我并排躺在那个并不宽大的沙发上。我的猫儿，累了吗？满柔情万种，声音近乎有些迷离，我怀疑满是否知道自己究竟在说什么，酒精烧坏了他的神经。

不累。满迷人地叫我猫儿。但他们并不是来庆祝你家多了一个猫般女人，他们是来喝酒的，满。你不曾把我介绍给你的任何朋友。或者我忘记了很多细节，但至少还记得我是注定要充当悲剧女主角的女子。一旦忘记了自己的角色，就再也无法做一个合格的演员。哑然失声，就连文字都没有了力量。我不能把自己当成幸福的公主，更不能忘记火柴点亮前寒冷的冬夜。

朵格，你知道否极泰来吗？任何事情到了极端都会向相反的方向发展的，我们从小看童话里的最后一句话不都是这样说的吗？"终于，他们过上了幸福的生活"，所以生活总是美好的。

童话都是骗人的，满。你忘记了，是"终于"啊！他们是"终于"才过上幸福生活的。而这之前的呢？所有的痛苦为什么都该忽略不计？！

满说，我可怜的朵格，我爱你血液里流淌着的悲伤。似乎全世界都得罪了你，可你爱上这些时候的姿态多么迷人。

我开始微笑。但愿这话是真的，可是在爱情里，最不可靠的就是这张嘴。

我其实还是孤独的。明天，或者明天，我就会忘记这些话。

静，死一样的静。

臘月十七日 | 收件人不详

满借故打发我回家。一直住在满家，险些忘记回家的路。

家里干燥又暧昧的空气抚摸我的心。站在洗手间镜子前，凝视自己的一张脸，颓然发现老了很多。不知道从什么时候开始，脸上的皮肤糙了起来，想是我常年的忙忙碌碌，贫于打理皮肤而导致的直接又可怕的后果。打开淋浴，任水从上到下浇注着身体。胸好像又小了一些。我是个天生寂寞的女子，无论如何都搞不好和这个世界的关系。我和满，彼此观察，不留痕迹。而我最终的目光总是会停留在他藏在那发亮的镜片后面的单薄的双眼。

躺在床上看《收件人不详》，让我再次想起青春的问题。青春究竟是什么？青春就是在乳房上刻一个名字，在信封上写一串英文地址，在年年日日的退信中，蹉跎了岁月；青春就是用情欲换一只眼睛，用身体换所谓的美丽；青春就是你还有抢劫、打架、屠杀的资本；青春就是将希望渐渐变成愤怒，怀揣着最原始的亲情殴打自己的母亲；青春就是自己能像一朵花，洁白地死在爱人的手心上，或者死在熊熊升起的火光中；青春就是所有人都如此地热爱着绝望……

青春，去他妈的青春。

收件人不详。

或者，不详的根本就是地址。我处在狂怒当中，究竟青春是他妈的什么东西？我想撕烂自己的脸皮！

臆月二十日 | 我是你的妓女

城市。
熙熙攘攘的人来人往。
我幻想即将腐烂的气味。

这是个蜂忙的季节。
荷尔蒙的机遇在各个角落悄悄上演。
亢奋地破裂。

涌动。
残缺。

那个声影喧嚣的大屋子，
散落着几个如同尸体一般的人。

胶片生活，
隐晦得忽而教人心疼。

夜不完美。
我嗅到精液的芬芳。
如果是一场出生入死的宠溺，

我愿意做你的妓女。

无比贪婪的纵情。
你是腐烂的。

我看到大片大片白色的小山菊。
梦魇里那张模糊不明的脸。
龇牙咧嘴的表情刺痛我的子宫。

人群之中。
长得像婴儿一样的姑娘。
矫揉造作。

给根烟。
我没有烟有火。
火也好。
没烟要火干吗。
你没烟就有火。

……

苍白的脸强烈痉挛。
从地上捡起一块碎片。
皮裂了。
血管完好无损。

长久历练只培养了坚硬的器官。
稻草填充的心经不起燃烧。

于是死了。
有一种病叫精神分裂，
不痛。

在最后的最后，
我们转身离开。
我们后会无期。

臘月二十一日 | 梦

醒来的时候，发现满正用他诱惑的眼睛看着我。我说满我是什么时候躺在你家的床上的？你不要看，这个时候的我很丑。

满说，我的猫儿你一点儿都不丑。昨天晚上你喝醉了，给我打电话说想我。我赶到的时候你正在大街上表演坚强。你还做诗，说你是我的妓女。我说你可以固执但不要把舞台选在马路上。

我努力睁着眼睛，像在听别人的故事。

我做了一夜的梦，你要听听吗，朵格？我梦到我和你在一个二层的小楼里，你去撩层层叠叠的窗纱时，从开着的落地窗边飘然跌下去。我狂冲下楼，看见你坐在地上笑。后来医生来了，说什么事都没有。朵格，你的笑真迷人，它鬼魅。

我说满，那是《撒玛丽女孩》里的镜头，那个从窗户里跳下的援交女孩，脸上的笑天真而又迷人。她死了，遍地是血。可是她死的时候很美丽，她带着微笑，她说她想见那个嫖过她的、她爱上的男人。你梦到我是飘出窗外的吗？我没有受伤，我的笑美吗？

美，朵格，你一直都很美，美得让人心碎。朵格，后来我又梦见那个房子里住的是一个画画的，有一些未完成的画和一些陶瓷展品。但画画的人和屋里的女主人分手了，只是把生活留在这儿，房子空空的，很简朴，屋后还有一个平台和一个小塔，爬上去，可以看到星星和海。房间里面还有一个男子和一个女子，男人公然邀请你爬上塔看海，你跟着那个男人去了，我很生气。

满说他的梦里，我们邂逅了他一个很多年没见的朋友，并一起去了一个很僻静的胡同酒吧喝酒。那个酒吧正在举办婚宴聚会。满说它劣质得让人伤心。刺眼的、明亮的白色灯光，把人照得像傻瓜。很多人站在那里晃来晃去。满说他看不清那些人的脸。满和我随着人流冲上二楼，却发现一个人都没有，包括刚刚与我们一同拥挤上楼的人流，只是门德尔松那庄重的音乐一直响在耳边。

我说满，梦到爱人优雅地跳楼、顺理成章地接受别人的邀请，代表内心对爱的恐惧和不确定；梦到空房间，代表过去生活留在心里的印痕；梦到婚宴和不绝于耳的婚礼音乐却找不到新婚夫妇，则代表对婚姻充满着渴望，却没有足够的自信和勇气真正地面对。这几个错综复杂的片段事实只表达了梦者的一个心理，由于过去生活留下的阴影而对现在的爱情产生恐惧，内心充满渴望但缺乏面对的自信。

满说，朵格，我会让你幸福。

满，你说谎。说谎的时候，你的眼睛是闪闪发光的。

臘月二十四日｜一场同体受精的意外

那夜醉酒之后，满一直把我留在他家，不让我离去。一场由满制
造的意外正在发生，我是唯一被侮辱的。

黑暗里，
两双冰冷的眼睛印在身上，
像是在无情地嘲讽注定要成为傻瓜的人。

用长发尽可能地掩了脸，
不愿意注视那已久的注视。
感情原本卑微。

她们轻轻地落座，放肆地笑。
在冰冷的夜里身体对自己说，
你将死于一场同体受精的意外 。

为何是你们选择坐在我的身边而我却落荒而逃。
起立的时候，
所有人都投来注目礼。
四目相对时伤心地发现输给了自尊。

哦，我的 Mild Seven。
白色的修长的烟。
我原本打算将你的糜烂和暧昧扔出身体，
现在我发现我是多么地需要你。
在我像哑巴一样说不出话的时候。

相识可以有很多种，
比如偶遇，
比如不幸福。

当每个人都在讲跟你的故事的时候，
我发现只有我是一清二白的人。
我们之间没有故事，
至少是时间短暂得还没来得及发生故事。

那些故事，
哦，对不起。
让我的心鲜血淋漓地匍匐前进。

是不是出没深夜的女子就是这样，

习惯在夜里慢慢收拾白日的伤口。
但倘若夜也有伤口呢。

心苍老了，
皮肤被摧毁了。
一场同体受精的意外结束在沉默中。

猝死。

臆月二十五日 | 会者定离

满说，朵格，你是个会制造麻烦的女子。你的恋爱里，没有爱情，只有荣辱。你不停尖叫，你以为这样可以减少死亡的痛苦。你珍藏伤感，并一次次地展示你的珍藏。你理直气壮地认为爱人就是用来同归于尽的。但是你看，朵格，你的想法多么可笑。可我姐姐，偏偏爱上了你。

满，你们所拥有的只是一种关系而已。你无法阻挡任何人爱上我。包括咪咪小姐。麻烦都是我制造的？我还以为昨天晚上你曾经深爱的那个女人的出现是你的杰作。

我打开电脑，打算写一些文字给咪咪小姐。感谢她说她爱我。

我说，亲爱的咪咪小姐，谢谢你说你爱我。满歇斯底里告诉我这是个事实的时候，我感动得要流泪。你看我们同样生活在这肮脏的城市里。这个城市，美丽又空洞。这个城市有太多太多爱被浪费。这个世界的男人女人冷酷无情。

满说过，我年轻得可以重新再活一次。但很显然，我胆怯了。我做不到重新再活一遍。凛冽的年龄，每个人只有一次。所以我只能像现在这样半死不活地将就下去。关于生活，我无言以对。因为生活缺失的部分，总是下落不明，无从追究。

但是关于满，我不能发誓我们会一起到老到死。我不是个可爱的人，因为我太矫情、太需要自尊、太卑微、太冷酷、太无动于衷、太不争气、太吊儿郎当、太无所事事、太会让人伤心。

可是请允许我叫你姐姐。这样叫的时候，我脑子里总是会出现那首曾经让我潸然泪下，至今难以忘却的歌《姐姐》。

这个城市，你看，它没有真相。只有我们两个人，会者定离。

这四个字的意思是，能够相遇的人，终究还是要分开。倘若可以走到最后，就一定会万般的幸福。

臆月二十七日 |MY WAY

两天后，我收到了咪咪小姐的问候。

每次读你的文字，都想和你聊两句。因为心有戚戚焉。因为仿若看见多年前的我自己。10年前我也有一段惊心动魄的爱情。我以为那就是了，是一生一世我找寻的爱情。所以我直奔而去，所谓斩钉截铁，所谓义无反顾。那些在爱情里的阳光温暖的日子呵……而伤害，猝不及防，终于有一天，心碎得没有形状。我以为我走到了爱情的尽头，青春的尽头。

然而，不是爱情，不是青春，是我们自己。睿智如我等，却并不懂得爱，也没有力量爱。年轻的时候，我们遭遇爱，却不懂把握爱。我们患得患失，我们瞻前顾后，我们猜东猜西。我们要享受爱，却不懂承受爱情的矛盾重重。我们要自我，我们要自由，却不懂爱情的自私和脆弱。爱情如此美好又如此脆弱，恰似昙花一现。如何才能真正地爱一个人，像爱自己，比爱自己更多？如何才能真正地爱一个人，给他自由，比给自己更多？需要多久，需要多远，我们才能回到心灵的憩所，无所畏惧？那时候我并不知道。

但正如你们，我怀着憧憬和希望。我仍然相信爱情和所有美好的事物。世界多么大，日子多么好。我仍然相信有一个人可以和我一起创造和享受世间的美好。只是，我不停地提醒自己，当一颗心感受到另一颗心的跳动时，我要努力将爱情紧紧抓住。用我的心，诚实、宽厚、温暖、甜蜜、坚定、强大的心，将爱情紧紧抓住。每一段爱情都可书、可写。但是这一次，真正的爱情无以言述，因为无比美好。因为这一次没有猝不及防，这一次我们和爱情一同成长。

所以我说，朵格，你还年轻，依旧美丽。你是个可爱的人儿呵，你有所有的机会重新开始任何事情。你没有胆怯的理由，一点儿都没有。你有那么多的时间，你甚至可以给你自己不止一次的机会；你要到 10 年以后才会体会到我的嫉妒——虽然我不会愿意和你交换我的生活，但是我仍然忍不住想，如果我回到你的年纪会怎么样……

生活的甜蜜你还没有真正品尝，你怎么可以允许自己半死不活地将就而过？爱情在你怀里，在你手里，在你心里。你需要内心强大，充满信心；说甜言蜜语，说真情实意；互相信任，互相包容，互相支持；没有占有，没有谎言，也不需要誓言。因为誓言会在一天一天相爱的生活中渐渐刻在心上。不需要问，不需要听见，不需要想起，也不需要忘记。反手抚胸，你已了然。

最后，送给你经典的《圣经》语录：爱是恒久忍耐，又有恩慈；爱是不嫉妒，不自夸，不张狂；不做害羞的事，不求自己的益处；不轻易发怒，不计算人的恶；不喜欢不义，只喜欢真理；凡事包容，凡事相信，凡事盼望，凡事忍耐；爱是永无止息。"

我说满，你看，你是你，你只是你。有人比你更愿意爱我。

但是关于青春，关于爱情，过季了，就像霜打的茄子没了精神。霜打的茄子，生命快要结束的时候。那个酱紫酱紫的烂样子，烂得更恶心些、更臭些。茄子就是茄子，烂到地里还是他妈的茄子，变不成金刚石。

固力果在 Yann Town 唱的那首 *MY WAY*。这首歌很多人都唱过，像约翰·列农。随着日子一天天的过去，我越来越坚强，我再也听不到歌里的波荡，所有一切终将归于安静。于是得出的结论是：没有什么伤害是不会被忘记的，事情小到不值得一提。

还记得小学的语文课吗？那篇叫做《秋天》的课文。"天气凉了。

一群大雁往南飞，一会儿排成个人字，一会儿排成个一字。啊！秋天来了。"

臆月二十九日 | 我爱你，以童年的信仰

打开电脑，打算给咪咪小姐写些什么。却意外地收到了一个没有署名的邮件。

亲爱的朵格，请允许我叫你亲爱的。

亲爱的朵格，人活着有很多理由，有人为钱，有人为利，有人为爱，可是我为什么总是彷徨，为什么总是彷徨。昨天，对爱我的小男生说再见了，伤了一个真心真意对我的人儿，可是不能再欺骗自己的心了，不能欺骗自己只是因为贪恋他的真心，只是因为贪恋物质。对着大堆的吃的喝的用的穿的，我发现人真的很容易丧失真心，所以退缩了。在那一片的真心真意中，越发觉得自己的可耻。可是，亲爱的朵格，原谅我的贪心，原谅我的虚荣。每次回家，看到门口 70 多岁的卖杂货老人，就想哭。看他日晒雨淋地每天吃一块钱的米饭，我就想哭。同样活着的人啊，可是我连一点儿勇气都没有，连一点儿日晒雨淋的勇气都没有，至今为止，除了会画画，我没有为任何人，做出任何事情来。

亲爱的朵格，妈妈对我说人活着要面对的问题不是感情，而是生存。我很难过。我怜悯为生存而苦的人，害怕、逃避、挑剔。每每想弄清这些问题的时候，我就知道自己不实在了，不实在地左

顾右盼，不实在地瞻前顾后。我知道懦弱，活的懦弱，是因为太害怕失去了吗？人一旦有了害怕失去的东西，是不是也意味着占有？可是我害怕什么？我知道说这些都不是理由，因为已经过了懵懂的年龄，相反地更加证实了自己的无能。

每每在夜晚睡去或在清晨醒来，总是那样的惶恐不安，那样的惶恐不安。为什么如此的害怕这样的生存？朵格，当你说起世界那么大，日子那么好的话来，我真的感动得想哭，人人都说生活需要努力，爱情需要争取，前途需要创造，那么请告诉我永远到底有多远，幸福到底有多近，为什么天黑后闭上眼睛和睁开眼睛一样无助。

我回复。

"当你说起世界那么大，日子那么好的话来，我真的感动得想要哭。"宝贝，我说世界那么大是因为它真的很大，大得我看不到边，找不到方向，经常迷路。四周都是坚硬的墙啊，撞上去，破碎了，无人寻见。我说日子那么好是因为我真心希望日子会变好，我宁可相信每个人都是无比爱我的。这样想的时候，我就会微笑，不管真的假的，至少我无须流泪。

你的"虚荣"、"贪心"，每个人都有。人的心究竟有多大？那段时间，我住在单人房里，躺在双人床上，肉体、思想一直都在流浪。我流浪，但不乞讨。把门紧紧关闭，躺在床上，眼睛死死地盯着屏幕，以为看 DVD 就能掩饰住那些虚情假意的、茂盛但拙劣的情感。我不说疼，装腔作势的。回忆那些大言不惭扬言要一辈子追寻真爱的面孔，我就想呕吐。接着咬咬嘴唇说，去他妈的吧，一如溺死在子宫里的婴孩。

嘴唇被咬出一丝血迹，我伸出舌头舔一舔，将自己要跟自己私奔的想法和血吞。灯笼易碎，恩宠难收。为什么，为什么想起，我不知道。曾经以为这样跌失的状态就是永垂不朽，但是看见满睡在床上安静的脸，有一种想凑上前去吻他一下的冲动。终究没有这样做，然而他却让我的"永垂不朽"寿终正寝。

你每天都在更换爱人，你对每个人说爱他。可你究竟爱谁，你的爱的保质期有多久？你常常悲伤、挣扎，日晒雨淋也好，惶恐不安也罢，如果失去了安定，你还有时间想这些问题吗？如果你也只有每天吃一块钱米饭的收入呢？爱谁不爱谁还那么重要吗？所以你并不可耻，你很实在，你只是在生活安定了之后想索取更多的精神上的寄托而已。这是多么正常的事。一位我爱的残疾人作家在他的《病隙碎笔》里说，"当世界上还有很多人比你贫穷因而生活得比你远为艰难的时候，你的爱愿何以落实？"

"永远到底有多远，幸福到底有多近，为什么天黑后闭上眼睛和睁开眼睛一样无助？"这个问题我一直在问，该如何回答你呢？

勇敢，究竟有没有自己的方式？不能勇敢的时候，就安静一点，至少要表现得勇敢一点。聒噪不会是最好的选择。曾经的纠缠只不过把我们的嘴唇弄湿了而已。风干了，就什么都没有了。穿着性感短裙、网眼袜、小皮靴走在深秋的街上，腿被四分五裂的风不停地抚摸。大口大口地抽烟。不寒冷。

我是你的朵格，你的悲伤我感同身受。但是对不起，我帮不了你。没有人能借助别人的力量活下去。

我爱你，以童年的信仰。

臆月三十日 | 慈悲

晚上回到家，屋里空荡荡的。满说跟朋友吃饭，晚些回来。

做梦。膨胀的膀胱把我从梦中唤醒。起来冲向厕所时发现床上还是空荡荡的只有我一个人。床冰冷。再看看表，凌晨2点40多分。一时间没有反应过来，心里想着现在是什么时候了？躺下就睡不着了。

后来听见满开门进屋。蜷起身子把被子裹得更紧一些。满挨着我的后背环住我，一身酒气。他试图把我拉到他怀里，我使劲挺着，保持原来的姿势。

朵格，朵格，我爱你，只爱你一个人。

我背对着满不讲话，听着他的呢喃。我有时候贱，生生地压住了自己的愤怒，让那堆强烈的火深深地在心里烧着，烧着。烧得五脏六腑全部成灰，我还披着一张虚假骄傲的皮站在原地一动不动。

生活，不能让一颗心一直空着，或者一直满着。如果可以，也能称得上是一种慈悲了。这种让它在得失之间迂回辗转的方式，既非慈悲也非残忍。它的唯一作用就是培育了一个坚强无比的器官，让它在任何情况下都宠辱不惊。在这之后，一切也就无所谓，不管来自天堂或者地狱。

臆月终结日 | 孩子和亡灵

于是，又一个梦。

时间是夜半4点。
她匍匐在向南的街头，
点燃纸钱，
和亡灵告别。

多磕几个头吧，
亡灵对她说，
多磕几个头我会安静地离开。

我不磕。
我不磕你就不会走。
你离开了我怎么办？

亡灵在离她远去。
那个孩子有点慌张。
她站起来，
向北追。

她和夜色一起潜伏，
迷失了回家的路。
记忆里，
那条路很平坦，
而她，
跌跌撞撞。

惊恐的孩子，
寻不见她的亡灵。
开始，
害怕夜的鬼魅。

一根烟的时间。
亡灵向南，
孩子向北。

舞月

舞月，飞舞的舞。

舞月初始日 | 我从窗户飞出去

满这几天比平日要沉默得多。他只是习惯性地冲我微笑，象征性地抱我一下，就转身坐在书房里加班。我开始站在满面前张牙舞爪，他看不见我，看不见。我想我的样子很像一个带着脚镣跳舞的孩子，智力水平只有那么一点。满也许也是这么想的。喔，我迷人的小爱人，这是个误会，我是个跳舞的小女巫，我只是想引起你的注意。

满还是没有多看我一眼。朵格不要闹了，我在工作，你先睡吧。满的目光始终没有离开他面前那台闪着白色光芒的 APPLE 笔记本——它远比我重要，我想。我慢吞吞地走回房间，打开窗户爬到窗外，我大声呼喊，满你快点过来，你再不过来我就跳下去。我把一只脚抬起来悬在空气里，我像个杂技演员用另一只脚立在十楼的窗边，我随时都能飞出去。我看见满从书房里冲出来，抓住我的手。我收回已经伸出去的脚踩在满的肩上。他一把拉下我，轻轻地把我放在床上，盖好被子。朵格乖，好好睡觉好吗？我要工作，一会儿就来陪你。满抚摸我的头发，眼里的温柔顿时对我产生了催眠的效果。我的脚趾头还是浮躁地动来动去，眼皮却已经沉了下来。

我不知道满是几点躺在我身边的。他躺下之后我就不停地醒——

满把被子都卷走了。我拼命靠近他，还是半截身子露在外面。身体渐渐蜷缩成一团，脑子变得异常的清醒。我慢慢睁开眼睛，已经是一片黑洞洞的世界了。我张开五指，我还能看得见我的手指。睡不着，我就努力地瞪大眼睛看满。满睡得很不安静，他说很多我怎么都听不清楚的呓语。满不停翻身，不停动来动去——通常他都睡得很安静，像孩子需要抱着他心爱的玩具才能安然入睡一样的紧紧把我抱在怀里。我后来把手轻轻地放在他的脸上，轻轻地摩挲。心里想着，满，我迷人的满，安静下来好吗？宝贝。

如是。一夜就这么过了。

舞月二日 | 狐狸嫁女儿

早上起来的时候，骨头像是要散开了似的，一种少有的懒传遍全身。胡乱洗了脸，用发圈扎了头发就冲出了门。走在路上，好像在移动，脚步出奇的慢。初冬的阳光美好地撒在身上，我记起了洁。我想着洁不死的话她应该是怎样的一个小可人。洁的敏感和神经质又似乎从小就陪着我，不曾远离过。我没有目睹洁的死亡，如果我在场，我想我会比现在更加想念洁，又或者我的生命就这样完蛋了。我在20出头的好年华里，就让自己这样完蛋了。这他妈的多么不公平。

我后来说满，我在思念洁，我想拉着她一起去看狐狸嫁女儿。
满说，狐狸嫁女是不能看的。
我说，满，你不懂我在说什么。看了狐狸嫁女就会有灾难，而我是希望能够跟洁一起获得灾难，一起毁灭，而不是单单她一个人痛苦。
满说，哦，是这样，我是真的没懂。朵格，洁是死了的人，而你还活着。你要如何用你的生命填充一颗死人的心呢？

满，洁没有死，我每次流鼻血的时候，都能够看到洁就在我身边。她轻轻擦我的脸，她按住我的鼻子，她说朵格你要乖，仰起头，一会儿就不流血了。我于是就很听话地仰起头。果然一切都如同洁说的，我不流血了。你看洁多么神奇。她是个天使。

公司洗手间里，我又开始疯狂地流鼻血。接连几天流鼻血的情况我大概是去年或者前年的早些时候也碰到过。现在又开始了。我坚信这次是因为洁来找我了，她来找我了，当她得知我知道她死了之后，她就来了。来到我身边，让我一直不安静。洁在我身边，我无法津津乐道地向别人描述她的死因，我做不到。

身体里的血液疲惫地流着，我有点儿不知所措。洁还会在我的身边待多久？或者永远留下吧，留在我身边。我会保护你，不会让你挨打。留下吧。不过北京的冬天很冷，比济南冷。要多穿点，不要冻坏。

舞月五日 | HOTEL

整整两天，我把自己关在满找不到的、朋友借给我的空房间里，思念洁。满的电话不停打来，不想接，不需要接。

后来，我疲惫地回了家，后来满冲我呼天抢地地喊：朵格，这个家不是 hotel！你想来就来，想走就走。

去他妈的 hotel，满！我这辈子从没有重复住在一个 hotel 里两次。只要离开，就再不会回去住。所以，这里对我来说真的不是 hotel。这是个有我的爱我的梦想我的希望我的感情我的身体我的心事的地方！记得良久以前的母亲总是跟我说，你把这个家当旅馆吧？！我就恨得咬牙切齿。因为她总是这样说，所以逼得我不得不把那个地方当旅馆。时时提醒自己，我只是房客而已。所以最终，我离开了，离开的时候倔犟着不肯回头——以高傲的房客的姿态。

你不要把我跟别人比！

我不比，但是满我恨你！我抓狂一样地痛恨着满，这种叛逆足以让我恨他一个月甚至更久。这让我想起过去，过去真他妈的让我恶心！！

我悲伤地说，满，这是我们的家，不是 hotel。hotel 里只有我的肉身。抹、画、勾、点、擦，上色的丹青，即将撕碎的画。我与男人躺在整齐的、白得有点让人发疯的床单上做爱的时候，我就觉得我像是个妓女——一个劈开腿就能让人干、干完提上裤子就走人的妓女。妓女不需要选择工作的地点，不需要酝酿温情，不需要培育感情。妓女只需要脱掉衣服含住男人那肮脏又坚挺着的器官，抚摸、吮吸、上上下下、进进出出。亦或，男人赤裸着的身体下面，压着像个妓女的我。我缩在被里，头发很长很长，搅在一起，乱得就像专为我破碎的心做的批注。眼睁睁地看他一脸销魂，心里却在诅咒"傻逼，你最终死于性病！"就足够了。妓女就是妓女，连爱也让最爱的人称斤算两地卖了去——像你发给我的网上的照片，如一碗鸡血羹，透着嗜血的恐慌。但是我不是。我要温情，我要爱。我想和你这样的男人生活一辈子，等到你 47 岁我 40 岁的时候，我们一起死去——死于华年。而现在，现在之于我们的死期还有 16 年。

满说，朵格 16 年太短。

我说，我觉得足够长了，长到杨过等白了头发。你可以花 16 年的时间鞭打我的身体，直至它溃烂得连苍蝇都不想靠近。你也可以花 16 年的时间跟我做爱，这个时间长到足以让你厌倦我的每一寸肌肤，让我的身体不断地涌出鲜血。所以，你能不能收回你说过的话。那里不是 hotel，你不是嫖客。而我，也不是妓女。我只是花了两天的时间怀念洁，我爱的洁。所以满你看，这个人间多么势利。活要资本，爱要资本，就连死，也得有些资本。没有资本，死也死得默默无闻。

对不起，朵格，我收回刚才说的话，我全部收回。满吻着我的头发。满的吻让我安静得像一只倦了的猫。

独自缠绵。以决裂的姿势。

舞月六日 | 天蝎女人

带着对洁的思念睡着，却梦到另外一个女子——曾经我挚爱的那个姓商的女子。梦里她抢了我的娃娃，拿它做了嫁妆，送给了女孩小 K。当我疯跑着追上小 K、闯进她的婚礼的时候，吃惊地发现，小 K 的新郎是我深爱的满。小 K 紧紧地抓着我的娃娃，深深地吻着我的男人，一脸纯真地望着我笑。然后女孩小 K 说，这个娃娃和这个男人，都是商送我的嫁妆。她说这些都是你的，但是她喜欢抢你的东西，让我就当垃圾收下好了，为了让你不会太自卑，我隆重地接受了这些"垃圾"。

我惊恐地醒来，发现我的娃娃和我的男人都还在身边。翻一翻身，被窝很温暖。

商是我上中学时的同学，大我三岁，长相美好而紧张。她经常出其不意地剔光所有的头发，孤零零地出现在教室，引起一阵唏嘘。她让相隔几个班的男生们为了她打架。她谩骂讽刺各种各样的女生，却能把这些人都收归旗下，服服帖帖地做了她的兵。所以她像神——男生的，女生的。她也谩骂我，想要征服我，但是我拒绝这种被传说成神的人的召唤。每当看到她的眼睛的时候，我就想告诉她："请记住，你就是个婊子而已。"我不愿意待在她身边，我自诩自己是神，我也有举手投足就能呼风唤雨的本事——在那个时代。所以她最想收编的人就是我。最终，我让她如愿以偿——在她帮我挡下了一次老师的追查之后。因此我确定，我这个神只是虚有其名，拿我当神的，只有身边那群无知的小生，我无力到无法逃过一次追查。就这样把自己的地盘交给了她，成了她服帖的臣民。

后来我们一起，她带着她的男友，我带着我的，一起逃课到省体育场，各自躲在看不见对方的角落里与各自的男人缠绵，然后扔下他们，若无其事地手牵着手走回教室。临进门的时候，一个假装痛苦地捂着肚子，一个用力地搀扶。装病的人永远是我，商强硬到难以生病。因此那个时候，同学总是认为我是林黛玉转世——体弱多病型女。后来我总是被商无情地嘲笑，在很多人面前叫我体弱多病型女。我恶狠狠地盯着她，心里咒骂着，那也比你这种硬得像屎一样不会得病的人更让人心疼。

我们一起站在空荡荡的操场上，一起抬头仰望天空。标枪运动员投出去的枪，以一种完美的弧度擦过我的身体，钉在商的脚上。商用力地拔出，看得我心惊肉跳，半晌不说话。她笑笑对我说，你玩吧玩吧，玩够了我们走。她单脚着地，一蹦一跳地跟着我说："你放心，一点儿都不痛。"她跳过的地方，滴滴答答地留下斑斑血迹，那些血迹，熙熙攘攘，声势浩大地向我展示着霸道。

我们继续逃课。从自习到晚自习到正课，都逃。尤其是晚上的时候，牵着彼此的手穿过漆黑的走廊，一层层下台阶，偷跑到无人的操场主席台屏风后面坐着。但是通常如果我们到得不太早，那里就会被别的逃课的学生占领——在那个时代，那里是最佳的接吻场所。所以我和商就经常站在不远处看着穿着一模一样制服的男女，吻得啧啧有声。

这样的日子过了一年半，忽然间有一天，商就不再理我了，毫无理由的。无论我说什么，做什么，她都当我不存在。愤怒之余，抢下她的男友，我不喜欢那个男孩，所以只好把他当小弟。总之对我而言，抢了她的就是好，不管抢回来之后我要怎么处理这些商所说过的"垃圾"。因此，很显然商在我的梦里已经是足够仁慈的，她只是把她抢的东西送了人，还送了个好人家——女孩小K。小K是谁？我不知道，那我梦里怎么就叫她女孩小K呢？我只知道她们强行拿走了我华丽的皮囊，据为己有，把自己妆点得头脸俱佳，她们以为，这样就有了处女似的姿态。

但是我为什么会梦到商，还梦得那般气质？天蝎座的女人，从此我开始惧怕这个星座。

我后来对任何人都说我搞不定天蝎座，这是命中注定的，这是商留在我心里的根。

舞月十一日 | 樱花娃娃

我又梦见了洁。这个女子长在了我的血液里，我再也甩不掉她。

梦里，洁变成了一个樱花娃娃。她每天坐在我的桌子上，一动不动。我的樱花娃娃，我爱你。我这样说的时候，我的樱花娃娃，我已经爱你爱得流离失所了。

我把你放在我的桌子上，每天看着你张牙舞爪的肢体和安静的脸。这是一种反差，草编的头发，蜡黄蜡黄。你像我，我的樱花娃娃。清澈的眼睛里写满了悲哀，可是可是，我不带帽子，我不带，从来都不，戴上帽子我将失去我的头发，戴上帽子你将看不见我清澈眼睛里的悲哀。为什么我爱你爱得这样天花乱坠，这样肆无忌惮。

秋天过去了，我家马路两旁的银杏叶全部变成黄色。一个不良少年急匆匆地从我身边走过，使劲地摇晃每一颗树，发黄的树叶凋落，纷纷扰扰地打在我的头上、身上，像是叶的雨，满地，都是尸骨的寒。

少年回头，对我浅笑。我说你为什么这样做？
少年说，这样的你很美。

我愠怒。

秋天死在了我的愠怒里。

冬天来了。今年冬天暖得要死，今年的冬天不见雨雪。我穿黑色低腰的大粗筒裤，风一吹，裤子就在风里胡乱地摇摆，筒裤透风，但是我不冷。樱花娃娃，你知不知道那个一只蜂鸟因为飞得离太阳太近，所以烧化了翅膀，摔死在海里的故事？那么我们，我们是不是，是不是离太阳太近了？我们会不会死去？我的樱花娃娃！

你知道我是弹钢琴的，但是你知不知道，我从来没有像现在这样渴望弹琴，从来没有像现在这样如此强烈地认为舒伯特的即兴曲是天籁之音。你问我爱谁，我会告诉你，我更爱马勒、肖邦、李斯特、拉赫马尼诺夫、肖斯塔科维奇、斯特拉文斯基，我爱那种狂野，我想象手指与琴键擦出火光的炽热。你知道穆索尔斯基的《图画展览会》吗？它精致、细腻、优雅、辉煌，它的高难度和技巧让所有钢琴家折服。哦，我开始心疼，我已经好久没有认真地弹一首完整的曲子了。我愿意为这些而死，像是那只被烧断翅膀的蜂鸟。

但是现在，我的樱花娃娃，让我告诉你，我需要让我的满每天播放舒伯特的即兴曲，才能安静地入睡。我对他说我不喜欢弹舒伯特，因为太过优柔，我更喜欢他的艺术歌曲而非钢琴作品。但是现在，我发现我开始爱它，一如爱身边的男人。是满让我在无意中发现了这些声音的美。闭上眼睛的时候，我就想起了曾经的斑斑血迹，玷污了那些白的、黑的键，谁会相信凋谢的花曾经有过芬芳？！伟大的传播音乐的神明呀，我只是那身边太不虔诚的传教士，没有拥抱，没有亲吻，唯恐玷污了肉体与灵魂互赠的冠冕。我是愚蠢的，我的樱花娃娃！

我问满，现在我会写字、会弹琴还让你那么崇拜吗？

满顿一顿告诉我，被崇拜的都是神话，靠得太近就变成了生活。

……

我曾经幻想那样的生活：我不停地弹琴——有时间的时候。他不需要理我，自顾做自己的事情，工作、看书、打电话、睡觉或者离开。我只是弹琴，弹给自己听。夕阳中一个残缺的背影，生平不是信徒，却前所未有的真诚。我不说我难过，只是美好地弹琴，或许现在，我可以弹舒伯特的钢琴奏鸣曲了。

我和我的男人，我们是同一种族的人，我们的血管里流的是心高气傲。眼睁睁地看着大片大片的万劫不复在发狂地奔跑，却以极其拖泥带水的速度假装拯救或者视而不见。我的男人说神话永远不能变成生活。神话变成生活太梦幻，生活变成神话太可悲。我的樱花娃娃，你承诺给我一个完美世界，但在生死攸关的时候，我却只得到一个傻逼信条——"死亡是万有引力的最高境界"。

哦，对不起，我的樱花娃娃，我又变得不知所云了，我总是会想起我爱的男人。这样的发泄像一个恶毒的怀胎 16 个月的怨妇，举步维艰，再不释放出来，不是胎死，就是我死。所以，我的樱花娃娃，你知道吗？我爱满，像爱你一样地爱他。我不说难过，我们谁都不说难过好不好？生活就生活，不能变成神话。我们可以去写神话，写到胳膊骨折为止。

粉碎的南瓜！我梦见你的头在我的花瓶里！！！我要把你的脑袋扔进绞碎机！

妈的！

舞月十五日 | 何以为继？

洁，你还好吗？让我来告诉你，这个城市有多么肮脏。到处都是病毒，街上的人裹紧衣服，缩着头快步地向前冲。踉跄的脚步疯狂舞动，如同瘟疫。房间里的人把自己封闭起来，并在那狭窄的空间内苟延残喘。那黑色的、惨淡的太阳俯视着这个毫无意义的世界和那些毫无意义的人们。

洁，就是因为这样，我开始悲伤。你不见每个人都时刻戒备着，随时准备用锋利的匕首插向那些突如其来的攻击。

再没有青春可言了，洁。你在最美的时光死去，你是对的。只是你该带走我。但是你知道满是怎样说的吗？

你还没有足够的年华老去，还有乱来的机会。你年轻到可以重活一次了，这是多让人羡慕的事情呀。所以，你有不悲伤的权利，如果你想，你可以快乐到死。折磨自己是你唯一想要的一种方式吗？满说。

满，我只是思念洁，她死了，而我还活着，我说。洁血管里的那些碎片与我的安定生活对峙，我坦然不了。人就是应该不择手段地索取幸福，可是洁忘记了这个过程。而你，虚情假意说着爱，转身就不见。

而且，满，究竟什么时候才算得上是有足够的年华老去？又为什么快乐是生活的唯一途径？我不认为自己尚有青春可寻，看到瑰丽的面孔和美妙的身材，我总是心生妒意，我甚至迫切地希望一切关注的目光都停留在我的身上，但那根本就是不可能的。当我看到别人光彩照人的时候，我都会躲得远一点儿，更远一点儿，这样我就不会被比得太过卑微。尤其最近几年，我发现自己变得越来越疏于打理自己。青春荡漾的时候，我总是把自己打扮得漂漂亮亮地出门，不招惹点路人前来搭讪，绝不善罢甘休。后来后来，商店不逛了，衣服不买了，皮肤不护理了，时髦也不追了，渐渐渐渐这么消沉下去，无动于衷地消沉下去。

我开始用素黑包裹通体，只有这一个颜色，所以当有人在人群中问起哪个是朵格的时候，总是会有人这样回答，那个穿一身黑色、头发长长、叼着烟的女孩。于是就有人来跟我搭讪，说那个某某某说你一直穿黑色，真酷。酷？！以为永远的黑衣就代表酷。保持永恒的一种姿态不变是需要勇气的，包括穿衣。

我喜欢花花绿绿的颜色，喜欢那种张扬跋扈的个性，但是我做不到，至少不能在穿着上做到。跟满走在三里屯的街上，路过3•3，满执意要送我一条围巾，说我没有围巾带。我推辞，满不以为然。挑来挑去，满替我挑了一条素色带纵向色彩条纹的围巾。他说我身上都是黑的，没有别的颜色，很单调，而那条围巾有黑色色条在里面，刚好配我的衣服。我欣然接受的同时心里多少有点酸楚，我什么时候混到开始需要男人来打扮我的地步了？

黑色穿久了会厌倦，尤其会羡慕多彩的生命。只是每次走到柜台前，都会自觉不自觉地只拿起那些黑色的衣服看，其他颜色，看都不看上一眼。就像不弹琴太久，我甚至都已经忘记或者不确定自己是否还是一个 player 一样。

所以，年轻？好像太快就离开了我。如果让我重新选择一次，我一定会把自己打扮得花枝招展，在寒风中乱颤。夜总会里叫百合的也比叫咪咪的多，人总是欣赏跟自己相反的一面。

没有青春，就失去了追求色彩的权利。那么乱来呢？我还有乱来的机会吗？乱来，或者乱搞，又或者乱伦？

跟不同的男人发生性关系，满足男人和自己的生理需要，在坚硬的生殖器礼貌地挺上去的时候，发出一声机械式的淫叫，算是对这个动作的呼应和承接，序曲过后，洋洋洒洒的头发、上蹿下跳的乳房、迷离困惑的眼神、淫水霏霏的生殖器，外加一颗空洞无爱的心……当一个男人从身上或者从一个男人的身上，假装很疲惫地滚下来的时候，所有的一切都随着这一"滚"烟消云散，转折速度虽然惊人，但好歹也算是常规走势了，这就是乱来。

行动乱完了，心就开始乱，因为发现，无论那个男人的生殖器多么坚强，性欲多么高涨，性能力多么出色，都不是自己最终想要的，这还是乱来。

一个女人，如果还算年轻，先天条件也不算差的话，只要自己想，乱来是不需要机会的，几乎随时都能够做到。而女人可以利用的，也仅仅是男人的原始冲动罢了，这一点道理，我从很小就已经明白了。

男人通常有个习惯，因为爱你，所以急于得到你。呵呵，这实在让人可以理解。但是问题还是那个，究竟有多少爱可以乱来呢？

怕寂寞？我常常寂寞。走路踢石子代表我寂寞。

要男人太容易了，何必花了大把青春乱来，争得一些残布碎片，用来当鞋垫？还是做擦桌布？对男人来说，关上灯所有女人都是一样的，但是对我来说，就是开了探照灯，男人也还都是一样的。世界上有两种人：一种是可以把地摊货穿得很名牌，另一种是可以把名牌穿得很地摊。做女人做哪种比较好？我总认为，要做就做得像一幅画，不要做一件衣裳。被男人试完又试，却没人买，待残了旧了，五折抛售还有困难。这样算下来，还是没有太多的爱能够乱来。

何以为继？
等。

人等来了做鬼的资格。鬼等来了为人的殊荣。

还是无法不悲伤。还是无法快乐到死。还是只能折磨自己。还是思念洁。

快到感恩节了。洁，我该替你感恩吗？还是要代替你诅咒这见鬼的世界？！

舞月十七日 | 绝望的苹果

感恩节，我记得的。感恩节的晚上，应该把一切都忘记，专心致志地感恩，但是我没有做到。不仅因为洁，还因为我确定，我是个坏孩子。但是坏孩子也应该有坏孩子的天空，不是吗？

绝望的时候怎么办？有时，把自己交给街道，交给电影院的椅子。记得有那么一晚，莫名其妙地去电影院，随便坐着，有人来赶，换了一张椅子，又有人来要。最后，乖乖掏出票看个仔细，摸黑去最角落的座位，这次是自己的。被注定了的，永远便是注定。有时，不停地啃苹果。绝望的时候，我都会吃一只苹果。

痛苦需要一个载体来承载。通常，苹果皮会被我用刀子一点一点地划开，与它的身体分离，好像一个丰腴的女人在爱人的面前慢慢地褪去身上衣饰，一点一点地把自己袒露。这样的袒露，没有掩饰，不需要美丽的包装和虚假的语言。然而，牙齿是多么的饥饿又锋利。苹果在不经意的时候，已经硬生生地被我握在手里，送到嘴边，在一次清脆而持久的响声之后，体验着皮肤与皮肤的第一次分离。苹果的身体上留着整齐的一排牙印，酸酸甜甜的味道让我暂时忘记了绝望的痛苦。而苹果，苹果带着它的伤口继续赶路。它在哭吗？否则为什么会有液体从我的拇指滑落到手腕上？

信手抓过一张纸巾，狠狠地将它的泪水擦掉。沙沙的声音留在鼓膜，像无数只蚂蚁闲庭信步。心里，痒。痒得起了一身鸡皮疙瘩。这样的时候，我就躺在床上，用枕头把耳朵堵上，我以为这样，蚂蚁就不会爬到我的耳朵里去了。只是蚂蚁越来越多，从皮肤、毛孔、血管，一直钻进心脏里去。

我把被子裹得更紧一些，还是冷。于是我告诉自己，你要再残忍一点。打开灯，房间顿时亮堂堂的，温暖而且安全。我就着灯光吞下果肉。几分钟的时间，饱满的苹果被啃得只剩下孤零零的核。像那个丰腴的女人就如此这般变得消瘦，于是她终于明白了什么是爱，了解了痛苦是怎么一回事。

苹果流干了泪水，依旧干瘪瘪地躺在那张残破的纸巾上。而我，却用被子紧紧地蒙住头，不去看它，泪流满面。什么时候，我就成了一只苹果。一只在爱人面前一点点袒露自己的苹果；一只在第一次被伤害时流下眼泪，却被狠狠擦去的苹果；一只愤怒还击的苹果；一只招数被人尽数化解的苹果；在最后时刻，一只被撒手放弃的苹果。

绝望的时候，我细细咀嚼的苹果，绝望的苹果。终于明白了，在我心里，什么东西正在被慢慢碾碎。

幸福的人，从来不用去兑现爱的承诺。

于是，他可以一直相信那是真的。

我希望我会幸福，永不用你来兑现。那曾令我涌出眼泪的承诺。

突然了悟，一切的尊严都是徒然，自己的空间早已被安排好了。忘记是谁曾经说过："强迫一只蛹去破茧，让它落在蜘蛛网里，是否就是仁慈？所有的鸟儿都以为，把鱼儿举在空中是一种善行。"我含笑地躺下，摊开偷回来的记忆，一一检阅。生活是一个刽子手，刀刃上没有明天。我祈祷美丽与高贵的礼物，但当一对碰碎了的晶莹琉璃在我的手中颤抖时，我还能怎样？认真地流泪，然后呢？然后怎样？回到黑暗的空间，然后又怎样？认真地满足？

转过身去，抱住身边熟睡的满。

我爱你。

舞月二十三日 | 老车

满出差了。约舌头一起吃饭。舌头是我哥们儿，什么时候成我哥们儿的，我不记得了，总之历史久远。之所以他现在还没有被我扫地出门，是因为他选择了做我哥们儿，而不是做我的男人。

舌头坐在我对面，听着他口中慢条斯理、安安静静地跟我讲话，忽然不知道该说什么，有点尴尬，有点可笑。我紧紧地盯着舌头的那张脸。紧紧盯着的时候，我发现舌头的鼻子很漂亮。一种想说却说不出口的感觉。所以当我沉默的时候，舌头就说，我让他觉得我好像凌驾在他之上。我说我只是无奈到无话可说而已。

舌头说，朵格，对于25岁来说，你活的性价比很高。我问他什么叫性价比很高？他说，打个比方说吧。我想买个坐便器，一种，100；另一种，150，同时带冲洗、加热、烘干。虽然贵50，但一定要后一种。我最后明白了，他的意思是我就是个坐便器。

我说，舌头，我操。我怎么总是想对你说些什么呢？说不出口，就跟坐在坐便器上拉不出屎憋得面红耳赤一样。

舌头，你听我说。对！我想说的是，男人、女人，越走就越像一辆快散架的老车，走走停停走走停停。想起曾经，大言不惭地扬言，我们抵死都要缠绵。那些人说爱我的时候，转身就不在。据说后来大家都哭得一塌糊涂，麻木不仁地居住在城市的一个角落过生活，偶尔相交一下，再分开，所以不在乎虚情假意。善变总是上演不可一世的戏，将一场场私奔妆点得华丽非常，偶尔想隐藏，却欲盖弥彰。但是，久了远了老了累了，就什么都没了。最终发现，我们真正想要的，不过是一场又一场半途而废的游戏。所以在清醒之后，身体开始多了一种能力，一种本能的免疫，自动过滤掉所有的感情，让那些暧昧张狂地呼啸而过却没有吹乱一根发丝。利索地找到出口，大步流星地走出去。于是成就了生活，成就了爱。

舌头说，朵格，你又开始胡言乱语了。
我说舌头，你听我说，我爱猫，猫有九条命，而我，仅此一条。我只能献给我的爱人，抵死不回头的那种。刚刚说的那个……对，性价比，所以我必须活出尽可能高一些的性价比。

转身，点上一支烟。

舌头他不知道我在说什么。

舞月二十五日 | 熟练的行凶

满出差回来，什么资料都没带，除了一大堆DVD。我们彼此注视，薄薄镜片下的眼神飘忽不定。平和而激烈。

一边收敛着欲盖弥彰的自己，一边假装用心地在那堆DVD里翻了几下。发现一部叫《我们害怕》的片子，是一个上海女作家自编自演的电影。上写"获温哥华国际电影节龙虎金奖的影片"。这是个什么奖？我不知道。但作为棉棉的拥护者，我兴奋地决定看一下。

看了开头才知道，这并不是一部新片，而是2002年拍的一部号称独立电影的DV作品。讲的就是几个土生土长的上海小孩和一个离异妈妈混在上海，没工作、没钱、没地位，什么都没有，面对艾滋病、性取向、色情网站等问题时，显现出的敏感、慌乱、绝望等游荡在那座城市街头的问题少年的精神特质。

我不喜欢这部片子，但我不说她的坏话。那声音，沙哑、干燥，一如那些跳动在纸上的黑色的精灵。记得我看过的《糖》里，她曾经说过，她在酒吧做过一段时间的歌手，后来她的嗓子就那么哑了，她不能再唱歌了。那个时候，我的心都碎了。毫无理由地开始，又毫无理由地结束："我看见你的脸在笑，你听到我的心在跳。我躲在云端边嬉闹，你坐在月亮下撒娇。我俩唱起歌谣，撩动花与草，心中仍觉无聊，我俩在胡闹，我俩在胡闹，我俩在胡闹。"

掌控在自己手里的，是刀子，用它们削苹果、表演疯子或者歃血为盟。掌控在导演手里的，是胡闹，就像她唱的，他们在胡闹——表演疯子！影片里的上海，猎人横行，每个人都看到身边的人拿起武器，熟练地行凶。

于是，那一刻，悲哀地发现，沦为了神。

舞月二十六日 | 有时跳舞

所谓出差……满究竟去了哪里？！内裤上干枯的紫黑色血迹，逃之夭夭的眼神，衰老苍白的面孔和那些无声的歇斯底里。

如果满是王子，如果我是小公主。

王子和小公主的故事，会不会有其他版本？比如小公主苦苦追着王子的脚步前行。王子走得慢，公主也走得慢；王子走得快，公主也走得快；王子站定了，公主也站定了。再比如小公主努力地走向王子，却怎么都走不到他身边……

我冷眼看着。小公主像白兔小姐那样，在王子身边跳来跳去。她说难过，却不伤心。她说偶尔的时候，她还是能收到王子递来的关心，微小而又精密。她爱的王子，不愿意爱她，却时时被她打动。

公主整天整天地幻想，她想着那条大街上，布满了大大小小、各种各样的房间。鲜花的味道、油炸饼的味道、厕所的味道、暧昧的味道、恐惧的味道，掺和在一起。那气味，将成为她和小王子共同的秘密。

黄昏的时候，公主心里总会自动亮起一盏微弱的灯。灯光鬼影，闪闪烁烁，神秘温情，很惨痛又很迷人。恋爱可以唤回生活中所有的无情。公主这样想的时候，眼里充满期待、酸楚，淡淡的失望和迷惘。那首歌，那首歌……

树叶黄了就要掉了，
被风吹了找不到了。

太阳累了就要睡了，
留下月亮等着天亮。

冬天来了觉得凉了，
水不流了你也走了。

音乐响了让我哭了，
心也丢了还会痛吗？

是谁在制造悲伤？小公主说自己是个碎掉的人，是个失败者，所以王子不愿意和她在一起。在他还不知道公主有多迷人的时候，就毫不犹豫地拒绝了她。可怜的小公主的青春，并没有在鲜花中逐渐成熟，而是死在命运里了。

告诉我，为什么我可以打动你，却永远不能占有你？我只是远远地看着，好脾气地看着。过去究竟发生了什么？为什么我总是要心疼地亲吻着自己？我的天空乌云密布，我越来越干燥，就好像我越来越暗淡的欲望。在某一个时刻，我身体里最古典的部分被全部击碎，时间也因此断成两截，在这之前，在那以后。我渴望着有一天我走进现场，有些东西会立刻被彻底解放。小公主说。

王子沉默，什么都没说，又什么都说了。

公主把裙子提得老高。光着双脚站在地板上。深度落魄重度疼痛。她的屁眼和心脏总是不停地打架，眼泪和口水搅和在一起就是爱？她怎么都想不出，这是什么样的逻辑。

我反反复复想着小王子和公主的故事，这个故事的结局究竟是什么？我是多么热爱猜想。可是，我不说寂寞。

我只是有时跳舞。

舞月二十七日 | 落跑新娘

逃！出逃。逃开那肮脏的血和虚假的镜片！那如花般笑靥一如既往的脆薄，在指间，交缠而决裂。

『场景一』
我坐在一些凌乱的垫子上，裸露着胸膛对着面前的镜子。这姿势让我忍不住想起那个传说中因恋人的不忠而投河自尽的日尔曼女子，或者深海里的那条小美人鱼。哦，这些似乎都跟我没什么太大关系。不曾有人背叛过我。幻想使我容光焕发。

我上上下下地打量着镜子里的容颜和躯体，直挺的胸部让我显得还不那么苍老，至少容颜和躯体还证明着我的青春——它们透着某种傲慢和轻蔑的紫色。这让我想起寺庙里的活佛，是要第二天一早就奉献出去，接受那些愚昧人们匍匐在地的朝拜吗？

我又幻想我是个被俘的公主，与劫持我的坏小子进行着一场违背天道的婚礼。

我慢慢站起身来，对着镜子练习微笑。我将要成为一个新娘，我至少要先学会对来宾送上貌似幸福的笑容。可无论我怎样努力，镜子里我的脸都狰狞可怖，由于某种紧张的愤怒，面部肌肉开始微微地颤抖。

重来。我命令自己。

『场景二』
我慢慢站起身来，对着镜子练习身段。我将要成为一个新娘，如果我学不会对着大家微笑，至少要为我的不礼貌涂上一层娇羞的好颜色。我微微欠下身去，以锻炼一个新娘该有的娇羞和妩媚。我的腰部在那个时候开始僵硬。那是一种又短又硬的缠腰布死死地裹在腰上的感觉。那感觉危险，没有任何保护的胸部，使人猜想着我可能是什么低贱的身份。

我再次失落下去。

再重来。我鼓励自己。

『场景三』
我坐在一些凌乱的垫子上，裸露着胸膛对着面前的镜子发呆。两次的失败让我很难再把头抬起来面对自己。

我慢慢站起身来，对着镜子让自己保持冷静。我将要成为一个新娘，如果我什么都做不到，至少要保持镇静，让婚礼顺利地进行下去，直到我一身疲惫地回到房间，随意踢掉脚上那双不合适的高跟鞋、一摊烂泥一样倒在床上为止。

可是我那从小就没有发达起来的小脑呵。使得我无论如何都站不稳。我裸露的身体开始摇摇欲坠。

『场景四』
我跌倒在那些凌乱的垫子上。缓慢地爬向不远处放电视机遥控器的地方。我躺在地板上，打开电视……
北京地区天气预报：今天夜间晴间多云，局部地区没有雨，降水概率为二三百元一次，最高气温摄氏 56 度……

『场景五』
我随便穿上一件宽大的衬衫，登上那条全是洞的肮脏仔裤。我再也不能忍受把自己装成一个已婚贵妇的模样。我开始奔跑，我的胸部由于没有内衣的约束而上蹿下跳，像不安的小兔。
我长到屁股的头发开始打结。一下一下敲打着我的背。

『场景六』

我一直奔跑。

舞月终结日 | 跳来跳去的猫

又一年过去了，走来走去，我依旧在原地踏步。我不明白为什么我还在原地踏步——我每一年都在原地不停地踏步。我是一只自由行走的猫，走来走去，还是那片屋檐。

『1 月』
我像一个硕大无比的锯，被两个拉锯的孩子奋力地拉来拉去。爱是钢筋铁骨，我是锯，爱没断，我粉碎了。他们都说要我，都说我是天使，要泽被东西。翅膀被拉断的时候，他们一起放手，我仓惶地坐在地上，看着散落的羽毛和破碎的伤口——那个伤口破碎得完美——完美得流不出一滴血。

『2 月』
我是一个不能睡觉的可怜孩子。我想睡觉，那个把我拣回家的孩子说，是新春了，我要迎接客人。于是我涂脂抹粉，像一个妓女一样正襟危坐在沙发上，对每一个进屋贺岁的人微笑，从早到晚。

他们说，你们家有一个多么美丽动人的未来儿媳！
我心里说，你们可以把我看成一位迎宾小姐，这会让我觉得更愉快的。

『3 月』

我遗忘了自己的生日。我是 3 月出生的孩子，这一天没有人记得我的生日。那个蛋糕是苦的——我坚信他买个苦的蛋糕给我，为了向我耀武扬威地通告他已经忘却了我的生日。这没关系的，我通常会遗忘自己的生日。

被人遗忘是件多么幸福的事情。没有牵挂也无须憎恨。总是在幸福或悲哀中度过，我显得特别孤独。表面看去繁花似锦，可又有谁能体会那背转身后的苍凉终了？

他说爱我不朽不朽。我说什么是不朽？他说那是因为他爱得太多，唯有这样才能把我藏在心里。我说不信。

『4 月』

我是犯人，被关在房间里。他对我说你休想从这里活着出去。我说如果我死了呢，死了是不是我就能出去自由行走？

猫要上房，这是规律，没有一只猫是不会上房的。房顶上有猫的天空。
我也要上房，因为我是猫。

『5 月』
新的工作开始令我期待会有不同的生活。终于摆脱了每天晚上弹琴的时光，一切开始变得充满阳光。

我不喜欢对方把我看得太紧，这会让我压抑得无法呼吸。我渴望自由的空间，哪怕只是在巴掌大的房顶溜跶，都好过那布满"天空"的虚假房间。捆住我，只能换得我做逃跑状这一唯一的姿势。

他的母亲告诉他说，我挣了太多的钱，我会离开他，他是那么卑微得不足一提。
我说我是穷人，我的钱都被他拿走了——他拿走了。理由很简单，为了没有钱离开他。
我多么悲伤，我连离开他的钱都没有了。

『6 月』
每个孩子都有节过，过节的时候都热热闹闹。今年没有人给我过节，往年都有的，都有的。

有人说朵格你是个孩子，这是送你的礼物。
又有人说你小到不知道什么叫做伤心。

还有人说，你太小了，你本来就还是个孩子，如何承受婚姻的重担？

于是我信以为真，我真的认为我还是个孩子。
因为大家都说我是个孩子。
所以我就信了。

『7月』
他说我是万恶的、淫荡的、肮脏不堪的。
我说我是爱自己的。
他说我们结婚吧。
我说好吧好吧，只要你终止你那无休止的怀疑。

他没有终止他的猜疑，我没有嫁给他。前面的路叫曲终人散，为了爱自己，我毫不犹豫地跳上了那列向前方飞奔的客车。站稳脚之后，我回过头，微笑着向他挥手告别。手心不知什么时候，印上两个万劫不复的字样：永别。

『8月』
我站在我的对面，像个喷血的车厘子，在那个刚烈的夏季，腐朽。

我怀抱着我的孩子，那是一只死去的、黑色的猫，它被我无情地从身体里抓出来，血肉模糊，最后扔向垃圾筒，扔进去的时候，我甚至没有回头再看一眼。

他再次说起那句话，我爱你不朽不朽。
我说什么是不朽？我的孩子死得永垂不朽。
他说这是你离开所要付出的代价。
我说如果你真的爱我不朽，那请你不要再来找我，我会感激万分。

『9月』
终于有人把我抱在怀里。我流着泪说我累了困了饿了痛了想睡觉了。说完，我进入了甜美的梦乡。
那个人他抱着我，我很爱他，我不害怕。

『10月』
那个阳光明媚的下午，一点儿都不冷。青春开始张扬起头发，用每一个完美的触角感受着芬芳。
哎……什么东西四四方来，哎哎嗨哟。
什么东西在上边来，哎哎嗨哟。
什么东西迎风飞舞，什么东西进进出来！

哎……船上木板四四方来，哎哎嗨哟。

美女朵格在上边来，哎哎嗨哟。

风吹头发迎风飞舞，船桨划水进进出来。

『11月』

头发疯长已超过腰际。都说，女子头发过腰会通灵，能看到很多
别人看不到的脏东西。我不信！不信邪也不信脏，虽然我两周内
丢了两串钥匙，掉了一个手机、一只钱包……剩下的，只有自己
还没被偷走。我把这些都归结为我那足以颠倒昼夜的糊涂。

有些男人沉默并不代表妥协，绝对不是。

面朝大海，春暖花开。

『12月』

出走究竟有多少种可能性？我需要计算一下其中的概率。如果我
出走了，却没有人打电话找我回家，那我不是白走了吗？这不行。
要么就做一个高贵的出走者，让他人像发疯一样地寻找。

我见到了六年前的恋人，现在早已成为了别人的夫。我不动声色，

端庄地坐在那里听他再次告诉我说对自己好一点儿。像六年前一样。

我说我很多年没有听到这句话了，可我一直记得。

我们都老了，老到我需要理智地计算我出走的可能性。以前我是想走就走的。

娓娓道来，这一年过了，我还在屋檐上蹦蹦跳跳。

疤月

疤月，伤疤的疤。

疤月初始日 | 我们还能悲伤吗？

在满的全部感情空间里，沉默霸占了大部分地盘。我们的身体总是干涸，而我们的距离又总是遥远。

我躺在床上，有点儿寂寞。床是冰冷的，不管我睡多久，被子裹多紧，保持一个姿势不变多长时间，床依旧还是冰冷的。我睡不暖床，从小到大一直这样。母亲说我没良心——怎么睡都没温度。我说我是没人疼，无论如何努力，都还是乞讨不到温度。这就好像我来回来去坐同一辆巴士，可无论我如何努力，拼命拼命地想记住，却总是记不住站名。我只知道下一站叫做腐朽。可是这一站，这一站叫什么呢？我不知道，所以我总是坐过站，下错车。

小时候，我钻进母亲的被窝，呢喃着说，我的被子是冷的，你的是多么温暖，我要跟你一起睡。长大后，我跟女生睡，我们不做爱，只是睡一个被窝，挤一张小小的床，我说这样会暖和。再后来，我跟男人睡，冷的时候只要抱住身边的男人就能温暖身体。没有男人的时候，晚上我几乎不睡觉，因为怕冷，也怕寂寞。当然有男人的时候，偶尔我也不睡觉——当我对那个男人表示反感的时候。

我躺在床上，有点儿寂寞。我想跟满说说话，可是他很忙，没有时间理我。我在他面前转了一圈又转一圈，他始终没有腾出时间理我，所以我只好快快地回到床上，蜷缩成一团。

我躺在床上，有点儿寂寞。窗外没有鸟叫。到处都没有。早就没有了。迷迷糊糊睡着了，却立即被阵咳惊醒。喉咙不舒服，胃不舒服，或者是心脏也痛。最近感冒，怎么都不肯好。

满准备睡觉的时候，我醒了。一如既往地躬着身体，蜷缩成一团——现在我越来越钟爱这个姿势。满从背后搂住我，我说我疼。抓起他的手，放在我左边干瘪的胸部上，那个后面便是我那颗可怜的还没有停止跳动的心脏——好像是的，好像就是里面有点儿痛，但是我不确定，是心脏痛吗？

满说很痛吗？

我说不是，好像是有点儿痛，只是好像，我有点儿感觉不到了。

那张我怎么都睡不暖的床，在满移动的时候，好似地震一般地震荡。这让我一度怀疑楼要塌了。它要塌了！但事实上并没有，一切安然无恙。

我是个不怎么开心的孩子，一直都是。我顶讨厌自己老是不开心，
这让我看上去像个傻瓜。满说朵格，你为什么总是那么愤怒。其
实我也不想，我也不想的。我不想那么愤怒，我也想要幸福安康。
你不知道，但是我想的。可想着想着，眼泪就流下来了。

有人说，朵格，你像三毛。
我说，我不像。跟她没有任何相似之处，一点儿都没有。我不喜
欢三毛！我不那么装腔作势，你为什么说我像三毛？
对方说，你的照片给人的感觉很像。
我说，我给你什么感觉？我长得比她漂亮！而且我既没有嫁到不
怎么喜欢我的人家里，也没有为一个远在天边的老头自杀。我也
自杀过，但是不为别人，只是为了想要杀死自己而自杀，跟她不同。
还有一点很重要的是，我还活着，她已经死了。

我说满，有人说我像三毛。
满说，你们唯一像的地方就是你们都是女人。我不喜欢三毛。
我说那你喜欢我吗？
满说我喜欢你。

新的一天就这样到了。我们还能悲伤吗？

要我怎样悲伤？站在布宜诺斯艾利斯的阳光下，腐朽我的悲伤？

疤月五日 | 等待或寻找

满说爱我，却很少理我。后来的日子一直这样。狠狠地呼吸，迅速地死亡。或许男人的沉默有时候并不代表深沉，而是意味着他正在寻味另一场拈花的把戏。

我开始把所有的时间都用在读书上，并深深地爱着那位残疾的长者。

曾经有那么一个姑娘，她说她的出生是个错误。可这不是她的错，错在她的父母，是他们执意要赋予她生命——就像曾经一位文人对待他的妞妞一般，按照他认为好的方式把他的妞妞养大。可是她觉得这是错的，她一直不能理解，为什么她能够选择死却无法摆脱生。如果没有生，她就不用死；当然，如果没有生，她就不会为了这个错误，赌上一生的幸福。

后来她看《我与地坛》。她靠《我与地坛》过了一年又一年。那是她能够生存下去，并有勇气面对一切厄运的唯一理由。只是一年又一年之后，她还是她，命运也还是命运。丝毫没有改变。

然而她不怀疑，坚持着她的信念——她那么执著地深爱着那篇叫做《我与地坛》的、白纸黑字的文儿。

那个曾经的姑娘，是否和我有关，或者是否就是我。按照老者《务虚笔记》里的思维方式，如果我是按照她的生活方式来生存的，那她就是我；如果我没有，那我就是另外一个人。我是朵格，她还是那个曾经的姑娘。

而现在，至于我究竟是不是那个姑娘，问题显然已经不是那么重要了，重要的是，我跟她一样，深爱着这位经年坐在地坛百年古树下悠然回忆的老人。

晚上，在快乐还没有完全消退的时候，全部悲伤就都冲进了心里，一瞬间填充了整颗心脏的空间。我枕在满的手臂上，呢喃着。这辈子，我只憎恨两个人，我自己和我的父亲。我是那么强烈地憎恨着三年多以前的那个自己、那件让我以后的生活要承受一辈子痛苦的事。我说当初的我如果重新开始该有多好，当初的我还那么年轻。

满的声音在耳边想起，这是你的借口。你永远都会这样悔恨。30岁时你会说，25岁时我为什么不重新开始，那个时候我是多么年轻；35岁时你会说，30岁时我为什么不重新开始，那个时候我是多么年轻；40岁时你会说，35岁时我为什么不重新开始，那个时候我是多么年轻……不是很爱史铁生吗？显然《务虚笔记》你白看了。你知道他究竟在讲什么吗？

我说，书里的每个人都在回忆，又都在假设。他们假设如果当初不是这样而是那样，那么这个人就不是他而变成了另外一个人，就像我刚刚假设我自己和那个喜爱史铁生的姑娘一般。当然，书里的人还年轻的时候他们在不停地等，他们在等……

满说，究竟是等还是寻找？你想清楚、看明白了吗？究竟是等还是寻找？这是很不同的！

哦对，是等待还是寻找，这是完全不同的。我想清楚了吗？对不起，显然没有。我没想清楚《务虚笔记》里那些人还年轻的时候，究竟是等待还是寻找？那些不同又究竟在哪里。

你说你爱他，但是显然你不懂他的文字。你的爱，其实只是你为自己开脱和获取心理安慰的工具而已。满的声音听起来渐渐变得可怕。

唉，满，如果你的话能不那么残忍，我想我会再更多爱你一点，更多一点，只是一点。把爱我自己的一部分拿出来分给你。可是你太残忍了，你一如既往地说话直中要害，让人死都死得不那么漂亮。漂亮不了，有你在，怎么能死得漂亮呢？这话我只是心里想想，我不敢说，我怕会更惨地死去——头撞碎在煞白的浴缸上，浴缸被脑浆冲刷，变得更加苍白。浴缸周围，点点血迹，斑驳地证明着那个曾经活着的人——已经——已经死了。她死了。脑浆上这样写着。

我不停流着眼泪。这次是因为剧烈的咳嗽。身边的那个声音已经睡着了，他听不到我的咳嗽声。想把卡在喉咙里的什么东西咳出来，但是什么都没有——除了一些黏稠的痰。我一直感冒，没有好。我怎么还不好，甚至没有一点儿好转？我吃过药的，虽然不是很定时定量。我冲进洗手间，双手紧紧扒住马桶边缘，使出吃奶的劲，用力太大让我很想呕吐而不只是咳嗽。

休息一下，站直身体，镜子里的自己，苍白、无力。

生存或者活着，等待或者寻找，我所拥有的卑微权力。

"权力之域，权力鞭长莫及。"

疤月八日│让我流泪

可以疲倦、可以厌倦、可以悲愤、可以发愤、可以失望、可以绝望、可以辱骂、可以咒骂、可以沉默、可以寂寞，但是不能哭，特别是不能在曾经伤害过你的人面前哭，这是原则；哭了就是罪，这是后果。

我不太争气，尤其是在伤害的面前——是顶不争气的那种。遇上准哭，哭起来没完没了，过了不管多久，想起来还会泪如泉涌。我犹记得小时候我看托尔斯泰，那个时候我不崇拜他，当然现在也不，我看他的作品是因为他是大家公认的大师。大家都看，东引用一句，西引用一句，让我觉得挺有学问。为了显示我不是那么无知，我也想引用引用他说的话，于是我也看。后来我知道，当时我看的其实是大师，而不是大师的作品。但是我不够虔诚，所以他说的话我基本都没怎么记住，除了一句：幸福千篇一律，灾难各有千秋。就这一句，仅此一句而已，我刻骨铭心——虽然在我现在写这句话之前，从未将这句话写进过我的任何一篇文字里。可就因为这一句，我承认他是个大师，不折不扣的大师。这一句，把我的悲表达得明明白白。

几天以后，林子来找我。说朵格我想跟你谈谈。林子开了辆新车。

我说，林子你变得有钱了吗？

朵格，谢谢你。你教会了我很多东西。如果没有你，我还是当初的那个我。林子并不正面回答我的问题。

我说林子，你像在背台词。你的一切除了生命都是自己创造的，没有人能给你什么。还是你现在要开一辆崭新的车来我的面前耀武扬威？告诉我当初放弃你，是我犯下的一个多么大的错误！

朵格，不是的。我只是来谢谢你。林子开始哭泣。我见不得别人在我面前哭。林子哭我也哭。我后来哭肿眼睛回家站在满的面前，说我见到了林子，他哭了，他一哭我就跟着哭了。

满说，朵格，你一向都把自己包裹得很坚强。你说自己是女MARS。你让身边的男人流泪，对他们呼之则来、挥之则去，你却懦弱得在一个曾经对自己造成巨大伤害的人面前溃不成军。

我被定了罪：哭罪。也背上了个让人失望的罪名，这个罪名大，罪过也大，我背不起。骄傲和坚韧，一并被毫不留情地摔得四分五裂。

不是自己格外地同情自己，也不需要什么安慰，仅仅是流泪了，怎么都觉得罪不至死。

满说，小时候你哭的时候你爸爸怎么对你？

我想想说，爸爸打我，狠狠地打，他要求我不许哭，我越哭他越打，打到我不哭为止。结果他越是狠狠地打，我越是没命地哭。

满说那以后你再哭我也狠狠打你。

满你不会打我，打我你心疼。你是不是吃醋了，还要为自私的心理挂上一个冠冕堂皇的好招牌。这招牌挂得好，这心理也没有错，是真的没错。自视清高的人，都假装不会为了我这样的"小鬼"跌了面子。

朵格，我是瞧不起你这样哭。

算了吧，算了吧，满。下次，下次，我绝对不哭，死都不哭。我再哭你打我，满，我让你打。别那么记仇行不行？泪还是热的，泪痕冷了。

小魔鬼的嘴巴里渗出了鲜红的血，将黑夜染红。

疤月十一日 | 干净点儿的爱

离满生日只差不到一周了。昨天忽然被惊醒，开始变得慌乱和恐惧。想着满之前的、前前的、前前前的女友，或者还有更多我不知道的，都有可能出现，心里就无比的伤感。

男人跟女人有时候不大一样。男人喜欢把自己的战绩一一列出，那是成就。只是委屈了女人，那么心甘情愿地成就了男人，贬低了自己。每张漂亮的脸蛋儿上都赫然写着——我是他曾经的女人；而我的脸上也应该无比自豪地写上——我是他现在的女人。然后曾经的女人跟现在的女人就会各自挂上不同的骄傲。现在的女人想：现在他是属于我的，最终你们都无缘拥有他的爱。曾经的女人想：我吃剩下的让你捡起来吃了，还美呢！这是暗斗。

女人则不同，即使是战绩也要掖着、藏着，唯恐这个见到那个会转瞬脸红脖子粗，你死我活地全开始了，这就是所谓的明争。更何况，女人战绩太多通常会被看成不值钱，要不怎么有那么多姑娘哭着喊着要修复处女膜呢？我知道一个山村修一个处女膜只需要8块钱。8块钱——你就再次、再再次、再再再次地拥有了童贞。不是有个故事讽刺说，当男人甩掉自己的女友娶了个"处女"后才发现，"处女"由于做的人流太多而无法怀孕，而面前的"处女"只值8块钱。

我不喜欢满一而再、再而三地让以前的什么女友出现在我面前，却依旧装出一副热情的样子，挂上甜美的微笑跟人打招呼。背过身去，大家心照不宣。收敛起欲盖弥彰的自己，暂时变得平和却又激烈，挂上一张欢乐祥和的媚脸，讨得全世界人的欢心。心里大片大片的悲伤，溃不成军。

心里一直想着这件事情，无论如何都安不下心来。玩游戏的时候，心浮气躁，最终将电脑扔在一边，偷偷流泪。满说朵格，你看看你，玩游戏都能玩到流泪，怎么这样没出息。我不讲话，心里想着，满，你是多么骄傲、多么迷人、多么自私、多么目中无人，你是我的小爱人。你如何能够这样残忍地看不到我的忧伤。让你注意到别人的忧伤犹如海底捞针，难上加难。我擦干眼泪，保持屁股朝天、脑袋向下的姿势呆了会儿，接着又翻了个跟头，这样，这样眼泪就不会流出来，不会流出来。

我慌乱，我自认为我应该被捧在手心而不是被一笔带过。我不只是大家的朵格，我也应该是满的，最重要的是满的。我说满，你不把我高高举起，至少也不要踩在脚下吧。我要高贵对吗？高贵到对心痛佯装不知。你看你多自私，总是将你的快乐构建在我无声的哀伤之上。你多情？！我们都是多情的人儿，为什么你的多情可以滋养生息，我的却死无葬身之地。

在心里，我已经自诩自己是个高姿态的姑娘——以接受的方式记住，然后让心，溃烂无比。

给我干净点儿的爱。

疤月十四日 | 歹毒的婊子

满生日，我发疯似的流鼻血。两年前，我也曾像现在一样发疯似的流鼻血，我一度幻觉自己得了白血病，但是最后被告知我只是有点"上火"，多喝点水就好了，顿时觉得戏剧性全无。如果年纪轻轻就得血癌，是很容易引发一场生离死别的爱情幻想故事的——虽然我从来不对爱情抱有幻想。但是在半死不活的情况下，总还是觉得死了的好——即使血癌是一种很痛的病。

我站在水龙头前，低下头，让血随意地流，直到我的血小板产生功效，制止了我鼻血的不断涌出为止。冷水洗脸的时候，脸分外的苍白。好像……好像死人，或者快死的人，或者说得美一些，被涂上了一层薄薄的蜡。总之，只要毫无表情地对着镜子，看上去就像鬼。我在想什么？亦或没有。

我分外喜欢自己身上的血的颜色——纯正而又妖娆，比我艳丽，比我矫情，比我落落大方，比我肆无忌惮。涌出的时候，夹带着刺眼的光辉，把古老的传说出卖给了积俗。尽管这些看上去似乎有点儿不够诚恳，但也丝毫无法降低流淌在我血管中血液的温度，因此又比我坚强。我是个最终会被点破自卑的女子，带着一点点惺惺作态的尊严，挖空心思地掩盖真实的自己和心里的恐慌。

站起身的时候，能够清楚地感觉到，血顺着喉咙一直流下去，流到胃里，暖暖和和的——一如母亲的羊水。是我舍不得这美丽、黏稠的血液！一如每次抽血的时候一般——我的血管总是矫情着、躁动着，纤纤细细、躲躲藏藏、别别扭扭，终是不肯被那冰冷坚硬的针头吸了灵魂。而这种情况显然只会苦了我，医生会像她手中的针头一样无情，任由那细细的金属在我的肉里四处游走，让我这淡薄的皮囊受尽针头刺穿的苦楚，直到填饱那充满腥味的罪恶肚腩。

我说满如果我死了，是不是送给你最好的礼物？
满说，朵格，今天不要乱说话。

整夜噩梦。如我所愿，身患血癌。梦里我并非流鼻血或者咳血，我的血液如同射精一般，四处喷射，最后流了整整一大缸。我被血水包裹，在血水里挣扎，我属旱鸭，不喜水，甚至恐水，更何况是血水。我后来不再挣扎，我开始数我的手指和脚趾。我一遍一遍地数，每一遍我都能数出新的数字。于是我断定，我的手指和脚趾在不断的生长和死亡。

挣扎咆哮一夜，想要畅快呼吸。这一觉睡得，歹毒而又辛苦。像个婊子。

疤月十九日 | 高贵

满已经多日没和我说话了，从生日那天过后。我盯着满的脸。薄薄的镜片和那后面对我沉默注视的眼睛。满你真迷人，我说。满说朵格，你一直这样爱我。一二三四、一二三四，我们一起向前冲，不许回头不许哭。我想象那应该是美丽的画面，可我心虚地揉搓着，唯唯诺诺地把它塞进口袋，藏起来、藏起来，满看不见，大家都看不见。

我试着让自己变得高贵。至少我觉得我应该变得高贵一点。我想象如果我不夸夸张张地当个贱人的话，我是否能改行做回淑女？满是否能多看我几眼？

抱着冰淇淋盒子、端坐在沙发上拼命拼命地吃。华丽妖娆的歌声莫名其妙地从耳边掠过。我双眼死死地盯着电视机，傻子一样地痴笑。这不是淑女能操的行当——淑女都笑不露齿，而我永远四仰八叉。

新工作如同北京温暖的天气一般，开始一点点地抚摸着我。这是个漫长的过程，声嘶力竭，断断续续。包揽下原本不属于我的工作——虽然现有的工作已经饱和到让我想呕吐的程度。猥琐的理由，我们心照不宣。我始终都有点儿恐慌。还是有很多陌生的面孔，走着依旧烦琐的流程之时找不到人。听说已经渐渐有人在旁敲侧击地打听我了。这不是件好事，人多嘴杂，树大招风。树大招来的风谁都不知道会不会把树刮倒，所以我宁肯大家都看不见我。只是我天生注定是个招人的女子，贱也好，不贱也罢。

我哀求满，每天苦苦哀求着。让我获得一只猫——我深爱着的、紫色的暹罗猫。那是我的命，我的另一段生命。忘记了吗？我是个如猫般的女人——狡猾、骄傲、放肆、菲薄——像猫一样高贵——高贵得不可一世。再过半年，我就可以拥有这样一只猫，让我留下它，我会像爱一个婴儿一般拥它入怀——只属于我的、性感的猫！

妖娆的苜蓿，刺伤纯洁的身体。猫儿惊惶失措。勿扰勿扰。

疤月二十日 | 勇敢的荡妇

满，你忙吗？可以听听我的故事吗？或者每天我都要没话找话说，满才愿意抬起头看看我。

朵格，如果你想讲，那么我现在正在听着。满的语气不冷不热。

荡妇飘飘摇摇，熙熙落落，所到之处引起一片唏嘘。

荡妇薄妆轻敷，风情万种，流连之间勾起一丝情愫。

荡妇除了是荡妇，也是个普通人。吃饭、睡觉、思考、行走、工作……偶尔也收起淫荡，正正经经地生活，认认真真地工作。

从理论上来说，荡妇热爱生活——至少是现在，她热爱生活；荡妇激昂感情——每一刻都真心真意地爱着她的男人。这样说来，荡妇似乎又不应该叫荡妇，因为不够糜烂、淫乱。但是作为我来说，宁可就称她是荡妇，因为她与常人不同。荡妇高傲、自私、矫情、放肆、目中无人、不可一世。只要荡妇认为是对的，她会全力以赴击退所有的人。于是荡妇又有了新的名字：泼妇！名字只是一种符号，并不代表什么。真正重要的是荡妇的心里究竟在想些什么。

荡妇换了工作，辛辛苦苦，忙忙碌碌。她热爱这份工作，以至于没有过多的时间释放她的淫荡。渐渐的，荡妇听到有人在议论她，小小声的，小小声的。荡妇有点儿恐慌，她怕自己管不住自己的放肆。于是没有人的时候，她耷拉着脑袋，头上怒放的鲜花摇摇欲坠。

又过了几天，那种声音水涨船高。荡妇的恐惧也跟着有增无减。

荡妇想来想去终究还是觉得自己错了——为那份没能压制住的、蠢蠢欲动的躁动道了歉，为有可能给朋友带来的不便和麻烦道了歉。荡妇说与人方便自己方便，甩掉脸上的泪，像个英雄。

像一场梦，醒来之后，余音不绝于耳。第二天，荡妇仍然没能摆脱背后的羞辱。于是荡妇开始觉得委屈，虽然荡妇不想变成怨妇。她说她没做见不得人的事；她说她积极工作，争取进步；她说她其实有点儿无辜——即使这种无辜在别人眼里是一种亵渎。

荡妇开始悲伤。但是荡妇决定缄口不言。她的男人告诉她，错不在她，她可以保持沉默。荡妇说是的是的，我会保持沉默，我只是觉得委屈。

忽然间，荡妇想要一双翅膀，飞过这种绝望和悲伤。心里涌出大片大片的荒芜，带着固执的脸颊，荡妇不肯回头。她没有错，她依旧是那个高贵的荡妇。以遗忘的姿态索取，以沉默的方式告别……

朵格，你的工作不开心？满很聪明。

但我想和你连看都很少看我一眼相比，还算好一些。我讽刺。

我顶着北京特有的呼天抢地的风微笑。抹一把还挂着泪的脸——花里胡哨，像个戏子。没有一件事情值得心花怒放。一边微笑一边泪流满面。不要以为微笑就是快乐，不要撒谎说遗忘。衣裳单薄。青春哆哆嗦嗦地咆哮着，嚷着嚷着，嗓子就哑了。

疤月二十五日 | 苦涩的纸

满越来越沉默。深夜，满独自走进卧室，留我一个人发呆。

我打开电脑，网络却不通。我呼唤着满。满让我自己在抽屉里找说明书。

苍白的纸，凌乱潦草又清新隽永的字迹。我举着一张无意间发现的写满心情的纸，手有点儿微微颤抖。那些轻轻漂浮在纸上的字，撕裂着一个男人的心，暴露出无懈可击的脆弱。那脆弱藏得深呵，深到你只能看到把它深深埋葬的倔犟的容颜。

很抱歉我不是故意偷窥，我只是细细地翻看每一张纸，想找到印着家里宽带用户名和密码的那张。我看不清那些字，它们和满一样自由飘洒；但我懂了那些字，那是绝望、恐惧的标志。短短几行，数秒浏览，我像做贼心虚的坏孩子，匆忙把纸放进抽屉。那纸烫手，烫得手生疼，十指连心，烧得心破裂。

满曾经深爱过的美丽姑娘，你永远都看不到这张写着满脆弱灵魂的纸。会不会有一天，我们一样殊途同归，我也傻傻地错过了这些细节而被下一个如我般的女子发现。姑娘，你傻呵，你该用尽全力给予爱和宽容。我也傻，我总是爱得歇斯底里。幸运的是，我在你离开几年后、一个落大雨的晚上，发现了它。可是我想，让这张纸变得心酸的男人他现在应该是幸福的——没有什么不幸就是最大幸福了吧。

后来我加紧动作找寻我需要的那张纸，哆哆嗦嗦地在电脑上敲下一串数字上线。我对满说，我找到了。满说找到就好。我没说我还无意间找到了另一张纸。

我的失望如枯萎的花。我使劲地敲击键盘，我大口大口地抽烟。

朵格，你是从什么时候起开始怕你男人了？他管住你了吗？
我说他没管我。但是我，我从现在这一刻起开始怕了。

我是真的怕，我怕有一天另一个像我一样的女子看到我永远都看不到的一张苦涩的纸。我怕他不幸福。也怕自己如他般不够勇敢。而我最怕的，是我连这张留恋的纸都不曾得到过。

人不应该害怕吗？因为心存芥蒂，所以胆战心惊。这有什么不对。
我只是爱他，怕他不幸福而已。

疤月二十六日 | 像苏内河那样消失

八月。伤疤的疤。如果可以变身，我将会是通灵的小女巫。我的预言真实存在，一切命运都已经在一张张完美的塔罗牌中清晰可见。不要忘记我曾经说过的：男人的沉默有时候并不代表深沉，而是意味着他正在寻味另一场拈花的把戏。

我开始像个泼妇一样地骂街了。这让我羞愧得无地自容。我是多么想极力地掩饰我不好、不幸福。一次又一次，我的信誓旦旦，让自己都不再相信自己是真的了。昨天晚上，我在跟 K 吃饭的时候还那样平静地告诉他，我是多么幸福。我有不错的工作，只要我点头，我就能去给钱更多的地方。我放弃高额工资只求一个"喜欢"，这是很多人想做都做不到的事情。我有一个爱我的男人，会煮牛奶给我喝。他让我的幸福无懈可击，他的家人都喜欢我、宽容我。我实在找不到不幸福的理由了。

在那些话还没有冷掉的一小时之内，我就体会到了，有些话的不可说的含义。因此，半年多以来，这是我第一次出离愤怒。应该说是悲伤。从小到大，我都是个不幸的孩子，所以我索要的比别人更多。我拼命拼命地想要幸福，为了这个理想坚持不懈地努力。

我深爱的满，站在另外一个我不认识的女人面前，低三下四地说，朵格非要来找我。满没看到我就站在他身后，满一句话就粉碎了我的梦。过去我们无话不说，现在我们无话可说。

G说，朵格，别骂别哭，这个世界上除了自己，没有谁是离不开的。

我的G，你不知道吗？你的朵格是个比任何人都敏感、伤心的孩子。

我想起我计划游稻城亚丁的事情。于是问Y，从成都到稻城很远吗？

Y说，是的。我们上次开车开了3天。

我说，稻城美吗？

Y说，嗯！大家一般喜欢10月，但5月是雨季的开始，另有风味，但危险。如果你从卧龙—小金—稻城，那是全球著名的泥石流灾害区。我是7月去的，雨季都过了，一路遇到10次泥石流。

我说，这样好。也许我就能像苏内河那样，死于泥石流。

Y 说，你真这样认为？

我说，是的。我可以学习安在《莲花》里写的那样，买 n 双军用胶靴，让蚂蟥吸我的血，布满我的全身，路遇多处塌方、泥石流，死去或者死里逃生。如果死了更好，死不了就赖活着。Y 不知道，我正在经历一场劫难。外人看来小事一桩，对我来说是天崩地裂的劫难。

梦粉碎的时候，总是带着不那么喜人的声音。久久不去。

猫儿猫儿，不哭。你有九条命呢，你是不死的女神。

疤月二十八日 | 开幕之前，落幕以后

女人们都死了，死在男人手里。我爱的女人们，我心冷呵，为你们，也为自己。

620 痴痴傻傻，抱着腐烂的肮脏不放，以为那里有她想要的天堂。殊不知爽不爽一刹那，天堂地狱一家。

她说朵格，我变成什么样他才会爱我？

我说，即使你变了样，他爱了你，你其实还是得不到他的爱。因为他爱的是变成了他想要的样子的你，而不是真正的你。你坚持索要这份爱的话，就让他爱你，只是因为你是你吧。

玉米歹毒地问，朵格，太思念一个人该怎么办？

我说，如果那个为你付出了那么多年的男人C同样问我这个问题，我该如何回答？

J说他可以像C一样对我好，玉米回答。

我也说我可以为你去死，可你看我现在还好好地活着，我嘲讽。

朵格，朵格……我轻声呼唤自己。你不要哭泣，你的心不是早就不知道如何破碎了吗？你的铁石心肠，辗转碾碎了多少次突如其来的攻击。有种悲伤不仅华丽和盛大，还有别人怎么都看不到的

悲壮落幕。

支撑在身后的那些虚伪又嚣张的符号，让一双双贪婪的眼睛汇集在你的身上。现在它们萎靡不振。你用尽全力地甩着，甩不掉。这个时候你想如果自己是一张苍白的纸该有多好，可以任人随意填写。可是现在你也苍白，是被擦过无数次后，伤痕累累的白。

女人们究竟怎么了？
一个人勇敢。
一个人妥协。
一个人悲伤。

在开幕之前，在落幕以后。无知的女人们强暴着自己，并在这种"强暴"中产生着对男人的激情！爱他便是真理？！去他妈的！抱怨在女人们无知的思想外徘徊，印第安人在柏油马路上徘徊，坚硬的器官和脆弱的心在卧室内徘徊，精子在子宫里徘徊。可怜的女人们，当音乐响起时，她们已经进入了另一张皮肤。她们再也不是她们了，她们正发生着一场车祸，无法模拟。

灯笼易碎，恩宠难收。

无知的女人们，这些温柔的歇斯底里让你们浪费了整个夜晚。我闭上眼睛，美丽的爱丽丝和白兔小姐在我的眼前蹦蹦跳跳。变换着各种姿势，她们快乐前行。你们永远无法成为控制反常的人，你们永远被反常控制。

一滴泪流下。仅一滴。伴着飘散在天空里的圣洁灵魂，带着一滴滴鲜红的血飞奔向太阳。爆炸。那能量大得让人灰飞烟灭。那是完全不一样的另外的世界。

我爱的女人们呵，请你们像我一样吧。听心脏的节拍，看星光闪动。天空发白了，彻底白的颜色。这是最敏感的时间，没有一件事情因为破碎而起舞。不要让美丽带着酸性，不悲伤不会死去，头发湿湿的也很好看。

窗户大开着，女人的头发在窗外飘。

疤月二十九日 | 活得像句废话

对不起，那些看上去温情脉脉的文字，我想它们只是狗屎，在我每天躺在干净的床单上的时候，绝不会比我温暖的家更具煽情的魅力——空无一物的谎言比死亡还要凄惨，暗红色在心里翻滚。身后缠绕着大片低靡的图腾。把自己包裹得严严实实，摆出脆弱的、失败者的样子，摇尾乞怜。哦，这套天长地久的把戏真让人着迷！可如果换着游戏玩玩我想会更有新意！

我想起满的气味，口香糖般的淡淡香气和那只母狗身上的恶臭搅和在一起。喜欢把昂贵的香奈儿香水当廉价的空气清新剂使用，喷洒得满屋都是。这些芬芳的颗粒在空中与恶臭融合得那样天衣无缝。它们绝对是同一个妈生的！狗娘养的！我想。

你快点走吧，满。离开属于我的地盘。这里是暧昧的、通过人工引产生下来的婴儿的摇篮，不属于你。它摇动的时候，用一块脏抹布擦擦身体。擦干净了，每个人就又回到了自己的故土，哪里来，哪里去，离开这里。这一切对你来说早就一文不值，但至少在我眼里至少它还价值连城。指甲是粉红色的，肌肉在发光！

再见，我亲爱的满！不在乎你是否认为我虚情假意，生命本来就是一出出善变的戏。请不要再索要我的文字，它应该为更多不是

"废话"的人生而写。我想你是独立的，以一种缪误的方式！

疤月终结日 | 遗书

闵闵说生命是多么脆弱，早上目睹了一起车祸，生命就这样坠落了。所以她要提前写一封遗书，如果哪天她忽然间就这么死了，至少她的亲人会看到她的心愿。

我说闵闵，闵闵，不要难过，我们一起写遗书。死亡总是比生命有更多的机会。明天是你的生日，生日的时候写遗书，死了都是微笑着的。死亡是真相，轻而易举地粉碎虚假繁荣。我会把两封遗书贴在我的笔记本上。你的，还有我的。

遗书一：作者朵格
标题：曾经走过的路，我其实留恋过。

妈，还记得吗？小时候我叫妈妈，长大了我叫妈。我观察过，很多孩子在长大之后，都由两个字减成了一个字。我经常在想，在被减掉的那个字里，有多少感情也随之被减去了。有很多次我都想重新呼唤"妈妈"，只是话到嘴边又咽了回去，因为这样呼唤让我觉得酸了吧唧的。我羡慕那些从小到大到老到死，都一直叫妈妈的孩子，我觉得那才是真正的孩子。

妈。请原谅您的女儿这样不珍惜自己的生命。我总是想着死去，我说我死了就不会承受悲伤。虽然我像猫，但我没有猫的命长。猫有九条命，而我只有一辈子。可我这辈子没怎么好好过就这么过去了。其实我也想过要辉煌地过一生，只是我不能。心里总有太多的悲伤压得我不能呼吸。

我时常在笑，妈。我是个多么不正经的孩子，我大大咧咧、骂人打架、惹是生非。但是你知道的，只有你知道，放肆和狂妄只是为了掩饰我那颗被划得破破烂烂的心，为了给我卑微的自尊添些破碎的瓦片。妈，我是告诉您，我只告诉您，那次我吞下几百颗白色药片的时候，我曾经憎恨您救了我。死亡是我的领域，我想我的生命如果就此终结，我将不用再承受人间的疾苦。可是我忘记了，忘记了。最痛苦的不是死了的人，而是活着的人。您看我是多么自私，我忘记了您的爱，忘得那么彻底。

妈，我犹记得小时候你带我去公园玩，我手里拿着您的车钥匙，走着走着就那么丢了。您急得打我——您总是打我。为了弹不好琴，为了我不听话。我恨我的身上总是皮开肉绽，我想牵着妈妈的手说：让我去公园撒野吧。

妈，偷偷告诉您，我其实热爱我的学校。那是我终生的遗憾。那个错误没有办法补救——我也不愿意补救。现在挺好的，我的同学与我擦肩而过的时候，都没有认出我——认出那个当年叱咤学校的小太妹。我被遗忘了，彻彻底底的。所以我不想再重新回到那个世界，重新勾起所有人的回忆。

换了个名字就能换掉心吗？我还是我，心还是心。

妈，我只是担心我不在了没有人照顾您——我还没来得及尽赡养您的义务呢。这是我死去唯一的遗憾，唯一的，唯一的。

如果说我还有什么遗愿，那就是，我死了，您要活着。

爸，小时候我也叫您爸爸，长大了我叫爸。我的感情究竟减了多少，您知道吗？每每接到您的电话，我都毫不犹豫地想着为什么您还没有死。我曾经设想过无数无数您已经死去的场景，而又无数无数次地泪流满面。

您这一生最大的错就是错过了我，错过了妈妈。我是被诅咒的小孩，我没有资格指责您的过失。因为您赋予了我生命，就应该变成我感恩一生的理由。请原谅我不懂得感恩，请原谅我的耿耿于怀。

您还记得小时候每到年三十您就把我高高地举过头顶，让我触碰那些挂在顶灯上的风铃，让它们发出叮叮当当的声音吗？那是我记忆中最美的时光。我曾经是多么爱您。错过了我的爱，究竟是您的错还是我的错？如果下辈子我还是要做您的女儿，能不能请您，踏踏实实地只爱我跟妈妈，不放弃！

我的爱人，我的满。你在哪里。我死了，但不是在你的怀中。

爱真的那么纯粹吗？我从来不信。你有多少次背叛我，我又有多少次背叛了你，你知道吗？我知道吗？我们都是饥不择食的可怜虫，在爱里挣扎。恍惚的冲动、异性的气息那么吸引你我的注意吗？

亲爱的，我是那么抱歉，我天生是个多情的女子。我爱女人也爱男人，我爱所有的美好和所有的残缺，唯独不爱我自己。我憎恨我还活在这个世界上，久久不灭。你知不知道那种比绝望还要恐怖的感受。

带着心里的恐惧，我无数次的想离开家，漂流远方。家是起点，我看不到终点。

我爱一个男人的时间短过品一盏茶的工夫。无奈这个世界上男人太多，而我的时间又太少。

爱你吗？我也爱，像爱很多人一样地爱。请原谅我说像爱很多人一样。因为爱很疲惫，我不知道每一种爱之间有什么不同。幸福千篇一律，灾难各有千秋。在灾难面前，幸福永远苍白无力。

告诉你，我爱过很多男人，年轻的、年长的、结婚的、没结婚的。只是我发现爱过之后什么都没有了。每一次都回到最初的起点——除了一颗摇摇欲坠的心仍在苟延残喘地跳动外，我感受不到生命的意义。所以我一次次地选择死亡，又一次次地被救起。当我看到手腕的血滴滴答答地滴在琴键上的时候，我觉得自己死后将会变成一个会跳舞的精灵，一个不要爱的精灵，一个破坏所有爱情的、黑色的精灵。

我要和你做爱，以最原始的姿态，以童年的信仰。我要将你的生殖器含入口中，让你体会我死前最后的高潮。我是个迷恋做爱的女子。身体飞升的一瞬间，灵魂破碎，感激之情一泻而下。这就是我生命全部的意义。

我孤苦伶仃地来到这个世界，又孤苦伶仃地离开。很抱歉我没有财产。我的身体是我拥有的唯一财富。我早已、早已经把它送给了你。你留过，或者扔了。我都会微笑。在天国。

我身边的所有人们，请不要为我的死感到悲伤。我只是伤感自己的愚笨，没有留下任何礼物在你们身边。我是那么惊惶失措的女子，死也死得不明不白。这没关系。如果有来生，让我，还是赐给我猫的生命吧。这样我可以活九次，我还有犯错的机会，我还有反悔的余地，我还能蹭在主人的怀里索要宠爱……

如今我什么都没有。

嚣张地出生，又嚣张地死亡。

火车呼啸而过。尸体被碾得粉碎。

遗书二：作者闵闵

宝贝：

当你看到这封你一直想看的信的时候。丫头我已经到了另一个世界。打住打住，千万不要难过，我可不想骗取你的眼泪，毕竟"做人要厚道"嘛。

亲爱的，你要继续书写你精致美丽的人生。然后呢定期要向我汇报。即便里面会有你和另一个女人的故事也没关系，因为关于你的一切我都想听，并且用童年的信仰发誓我绝不会吃醋，你应该相信丫头有着宽容和理性的心。

亲爱的，如果独自睡觉梦中惊醒睡不着的时候，那么就趴在床上犹如趴在我的胸口记下脑子里那些有关你和我的美好瞬间，用你美丽的文字永远封存我们爱情的印痕。然后揉巴揉巴寄给我。

亲爱的，如果想我想得厉害就翻出我的旧照片，使着性子在每一张的背后写上"死丫头"。破例允许你边写边骂"娘们，你真是个小娘们……"就像你很长时间都不给我电话我骂你"死猪，臭猪，得了口蹄疫的猪！"

亲爱的，得了空的时候给咱爸咱妈，打个电话问候问候，告诉他们昨晚你梦见我了，我在那好着呢。老人家一直很满意你的。

亲爱的，偶尔走出城市来到我的墓前，轻轻地抚摸我无字的墓碑。不要哭，迎着我带笑的眼神。你曾经赞美我的眼睛是双在跳动的鱼儿。轻轻地陪我坐会儿，和我聊聊天，感受我难得的安静。记得还要带上我最爱吃的饺子(韭菜馅的)、薯片(原味的)、酸奶(原味的)、巧克力（原味的)。

要经常去看看那个小女孩。延续我眼睛美丽的那个小女孩。因为丫头太自恋眼睛，死了也要留下光明给另一个人。你看着她就仿佛看到曾经的丫头，在街角的拐角处对你说"我要永远和你在一起"。

亲爱的，遗弃你，我要盛下怎样满心的伤怀？可是丫头我，不要看见你泪流满面的样子。

结束

我想起过去，过去真叫我恶心。

朵格
2007 年 2 月 于北京

图书在版编目（CIP）数据

空事／路佳瑄著 . —— 北京 ：新星出版社，2012.5

ISBN 978-7-5133-0625-6

Ⅰ . ①空… Ⅱ . ①路… Ⅲ . ①长篇小说－中国－当代

Ⅳ . ① I247.5

中国版本图书馆 CIP 数据核字 (2012) 第 050071 号

空事

路佳瑄　著

策 划 编 辑：姜　淮
责 任 编 辑：东　洋
装 帧 设 计：九　一
责 任 印 制：韦　舰

出 版 发 行：新星出版社
出 　版 　人：谢　刚
社　　　址：北京市西城区车公庄大街丙 3 号楼　100044
网　　　址：www.newstarpress.com
电　　　话：010-88310888
传　　　真：010-65270449
法 律 顾 问：北京市大成律师事务所

读 者 服 务：010-88310800　service@newstarpress.com
邮 购 地 址：北京市西城区车公庄大街丙 3 号楼　100044

印　　　刷：北京昊天国彩印刷有限公司
开　　　本：880mm×1230mm　　1/32
印　　　张：10.625
字　　　数：178 千字
版　　　次：2012 年 5 月第一版　2012 年 5 月第一次印刷
书　　　号：ISBN 978-7-5133-0625-6
定　　　价：32.00 元